散文集美于一身

有的字字珠玑，给人以语言之美

有的博大深沉，给人以思想之美

读一篇优美的散文

就是和一颗至纯的心灵晤谈

更是和一位高尚的哲人交流

抱着月亮的裙子回家

武世明◎编著

西苑出版社

图书在版编目（CIP）数据

抱着月亮的裙子回家／武世明编著. — 北京：西苑出版社，2011.5（2017.2重印）

（让中学生受益一生的哲理散文）

ISBN 978-7-5151-0034-0

Ⅰ. ①抱… Ⅱ. ①武… Ⅲ. ①散文集－中国 Ⅳ. ①I26

中国版本图书馆CIP数据核字（2011）第099318号

抱着月亮的裙子回家

编　　著 武世明

开　　本 710mm×990mm　1/16

印　　张 14

字　　数 250千字

版　　次 2011年9月第1版　2017年2月第2次印刷

印　　刷 北京中创彩色印刷有限公司

书　　号 ISBN 978-7-5151-0034-0

定　　价 35.00元

出版发行 西苑出版社　北京市朝阳区利泽东二路3号　邮编：100102

发 行 部 （010）84254364

编 辑 部 （010）84250838

总 编 室 （010）64228516

网　　址 http://www.jccb.com.cn

电子邮箱 jinchengchuban@163.com

法律顾问 陈鹰律师事务所　（010）64970501

前　言

心灵都有一扇窗户，在没有打开它以前，我们就像井底之蛙，只见到井口大的天；当心窗被款款推开时，我们才发现广阔无垠的世界，才看到遍地金黄的阳光，才感到无限美好的风景。哲理就像一只有力的手，能推开每一扇幽闭的心窗。

哲理，是感悟的灵光，思想的火花，理念的凝聚，智慧的结晶。它包容大千世界，穿透人生世态，闪现出万千景观。杰出的灵魂，善于抓住稍纵即逝的闪光瞬间，借一只瘦直的笔，表达出优秀的思想，写就蕴藉的哲理散文。

哲理散文以种种形象来揭示真理，具有透过现象深入本质的审美效果。其蕴涵的思想并非生硬干瘪、晦涩枯燥的议论，而是富含了丰厚的生活情感，蘸满了生命感悟的液汁，读者驰骋于字里行间，不但能领略优秀的思想，同时能在情感上产生共鸣。

哲理散文或洋洋洒洒，直抒胸臆；或嬉笑怒骂，启发思考；或侃侃而谈，发人深省；或娓娓道来，抚慰心灵；或义愤填膺，激发斗志　　好的哲理散文，犹如一粒青橄榄，越嚼越有味，越嚼越甜美；好的哲理散文，如同一杯清茶，越品越浓厚，越品越醇香；好的哲理散文，犹如一颗火种，不管停留在哪个角落，都能照亮温暖一方。

哲理散文映射着现实生活，蕴涵着作者的生命感悟。对于青少年来说，阅读好的哲理散文，不仅可以提高文学修养，增加审美情趣，提升写作技巧，还可以感受变化多姿的生活，学习为人处世的经验，帮助自己走向成功之路。

本书精心编选百余篇评议类哲理散文，既有中外散文名家的不朽力作，又有时代新人的代表佳作，或为实用评说，或为精到议论，或为殷切期望，或为谆谆教导，或为积极指引　　无不饱含思想，充满人文关怀，汇聚最真诚的心声、最优秀的思想、最实用的哲理。编撰时充分考虑青少年读者的理解能力和成长需要，对某些篇章晦涩难懂之处又进行了恰当的处理。全面的搜罗，系统的组织，科学的处理，试图为青少年打造最经典、最舒心、最全面的哲理散文珍品。

读书贵在思考，好书启人思维。在闲暇之余，捧读本书，犹如和名人对话，和优秀的灵魂散步，让我们一起探求生活的真善美，在潜移默化的熏陶中，树立独立而正确的价值观。

平凡的生命也可以与众不同，平淡的生活也可以有滋有味。懂得思考是人生最可观的一笔财富，懂得借鉴是人生最实用的一种智慧。阅读这些启迪无数心灵的哲理散文，在人生路上边走边感悟，使才智得到最大限度的启发，使心灵得到最充沛的滋润，使人生最大程度地绽放光芒。

编　者

目录

希望在你们身上

你能走过独木桥吗

孤独地走向未来

一只巴掌拍响人生

一篮子金黄的感恩

穷人是个尊贵的名字

微笑是一种世界语

只染一个红指甲

希望在你们身上

儿戏

——丰子恺

楼下忽然起了一片孩子们暴动的声音。他们的娘高声喊着："两只雄鸡又在斗了，爸爸快来劝解！"我不及放下手中的报纸，连忙跑下楼来。

原来是两个男孩在打架：六岁的元草要夺九岁的华瞻的木片头，华瞻不给，元草哭着用手打他的头；华瞻也哭着，双手擎起木片头，用脚踢元草的腿。

我放下报纸，把身体插入两孩子的中间，用两臂分别抱住了两孩子，对他们说："不许打！为的啥事情？大家讲！"元草竭力想摆脱我的手臂而向对方进攻，一面带哭带嚷地说："他不肯给我木片头！他不肯给我木片头！"似乎这就是他打人的正当理由。华瞻究竟比他大了三岁，最初静伏在我的臂弯里，表示不抵抗而听我调解，后来吃着口声辩："这些木片头原是我的！他要夺，我不给，他就打我！"元草用哭声接着说："他踢我！"华瞻改用直接交涉，对着他说："你先打！"在旁作壁上观的宝姊姊发表意见："轻句还重句，先打无道理！"

背后另一个又发表一种舆论："君子开口，小人动手！"我未及下评判，元草已猛力退出我的手臂，突然向对方袭击。他们的娘看我排解无效，赶过来将元草擒去，抱在怀里，用甘言骗住他。我也把华瞻抱在怀里，用话抚慰他。两孩子分别占据了两亲的怀里，暴动方始告终。这时候，“五香　　豆腐干”的叫声在后门外亲切地响着，把脸上挂着眼泪的两孩子一齐从我们的怀里叫了出去。我拿了报纸重回楼上去的时候，已听到他们复交后的笑谈声了。

但我到了楼上，并不继续看报。因为我看刚才的事件，觉得比看报上的国际纷争直截明了得多。我想：世间人与人的对待，小的是个人对个人，大的是团体对团体。个人对待中最小的是小孩对小孩，团体对待中最大的是国家对国家。在文明的世间，除了最小的和最大的两极端而外，人对人的交涉，总是用口的说话来讲理，而不用身体的武力来相打的。例如要掠夺，也必用巧妙的手段；要侵占，也必立巧妙的名义：所谓“攻击”也只是辩论，所谓“打倒”也只是叫喊。故人对人虽怀怨害之心，相见还是点头握手，敷衍应酬。虽然也有用武力的人，但“君子开口，小人动手”，开化的世间是不通行用武力的。其中唯有最小的和最大的两极端不然：小孩对小孩的交涉，可以不讲理，而通行用武力来相打；国家对国家的交涉，也可以不讲理，而通行用武力来战争。战争就是大规模的相打。可知凡物相反对的两极端相通似，或相等。

国际的事如儿戏，或等于儿戏。

希望在你们身上

——季羡林

人类社会的进步，有如运动场上的接力赛。老年人跑第一棒，中年人跑第二棒，青年人跑第三棒。各有各的长度，各有各的任务，互相协调，共同努力，以期获得最后胜利。这里面并没有高低之分，而只有前后之别。老年人不必“倚老卖老”，青年人也不必“倚少卖少”。老年人当然先走，青年人也会变老。如此循环往复，流转不息。这是宇宙和人世间的永恒规律，谁也改变不了一丝一毫。所谓社会的进步，就寓于其中。

中国古话说：“长江后浪推前浪，世上新人换旧人。”像我这样年届耄耋的老朽，当然已是“旧人”。我们可以说是已经交了棒，看你们年轻人奋勇向前了。但是我们虽无棒在手，也绝不会停下不走，“坐以待毙”；我们仍然要焚膏继晷，献上自己的余力，跟中青年人同心协力，把我们国家的事情办好。

我说的这一番道理，几近老生常谈，然而却是真理。人世间的真理都是明白易懂的。可是，芸芸众生，花花世界，浑浑噩噩者居多，而明明白白者实少。你们青年人感觉锐敏，英气蓬勃，首先应该认识这个真理。

要想树立正确的人生观和价值观，也必须从这里开始。换句话说就是，要认清自己在人类社会进化的漫漫长河中的地位。人类的前途要由你们来决定，祖国的前途要由你们来创造。这就是你们青年人的责任。千万不要把人生观和价值观当作一个哲学命题来讨论，徒托空谈，无补实际。一切人生观和价值观，离开了这个责任感，都是空谈。

那么，我作为一个老人，要对你们说些什么座右铭呢？你们想要从我这里学些什么经验呢？我没有多少哲理，我也讨厌说些空话、废话、假话、大话。我一无灵丹妙药，二无锦囊妙计。我只有一点明白易懂简单朴素、几近老生常谈又确实是真理的道理。我引一首宋代大儒朱子的诗：

少年易老学难成，

一寸光阴不可轻。

未觉池塘春草梦，

阶前梧叶已秋声。

明白易懂，用不着解释。这首诗的关键有二：一是要学习，二是要惜寸阴。朱子心目中的“学”，同我们的当然不会完全一样。这个道理也用不着多加解释，只要心里明白就行。至于爱惜光阴，更是易懂。然而真正能实行者，却不多见。

这就是一个耄耋老人对你们的肺腑之谈。

青年们，好自为之。世界是你们的。

你掉了一样东西

——张丽钧

我认识一位官员，他说他在澳大利亚办了一件特“栽面”的事。一天，他们参观团的汽车在野外飞驰，他吃了一个香蕉，随手就将香蕉皮扔出了窗外——反正车上也没外人，连翻译都是同胞。但是，他忽略了一个问题，那就是，司机是地道的澳大利亚人！“吱——”一个紧急刹车，司机一声不响地跳下车去，快速往回跑，捡回了那个香蕉皮，然后又一声不响地上车，开动。一车中国人面面相觑。翻译耸耸肩说:“别在意，他捡这玩意儿跟你扔这玩意儿一样自然！”我的那位官员朋友说:“唉，瞧我这嘴巴子挨的哟！”

我的学校里有一位气质非凡的女校长，当她看见学生随手将垃圾丢在地上时，她总是要追上那个人，温和地提醒:“嗨，你掉了一样东西。”有学生反应极其迟钝，居然对她感激地笑笑说:“没有啊！校长。”她便指着地上的东西给他瞧，那人于是面红耳赤地拾起垃圾，跑掉了。

“你掉了一样东西”，我喜欢反复揣摩这句话，想挖掘出潜隐在它下面更深的含义。

幸福的参照物

——李平

满是油烟、堆满了脏碗碟的厨房值得纪念吗？值得的。

1997年6月，纽约的书摊上出现了一本薄薄的小书——《纪念厨房：特利辛集中营妇女们的遗作》。这本书是七十岁的老太太米娜·巴切特和她在集中营中饱受饥饿、虐待、疾病折磨的女伴们合作写成的。昔日的厨房、拿手的好菜、贪吃的孩子、晚归的丈夫、油渍的围裙　　都成了她们幸福的回忆。

幸福其实只是一种感觉，它与实际拥有的多寡并没有多大的关系。它所需要的只是一个参照物：看到别人的不幸，你才会体验到自己的幸福；想起曾经的不幸，你才会珍惜现在的幸福；已经活在不幸之中了，你才会回忆往昔的幸福。

在沙漠中渴得要死的人，能有一口混浊不堪的泥水喝就已经是十分幸福了；而在空调房里坐着的人或许正在因为水不够开，茶泡得不够好而烦恼呢。

在深山区的农民，到山外坐上一次公共汽车就可以成为在乡亲们面前吹牛的资本；而拥有私家车的人，很可能还在为自己的车没有别人的高档而伤脑筋。

在医院的病床上，失去一条腿的病人透过窗户，羡慕地看着健全人走过；那个健全人却正觉得无所事事，无聊透顶，恨不得死了算了。

机关里的小公务员，因长期未能升迁而烦恼；为生计而发愁的下岗工人却在羡慕他们稳定的职业和收入。

沉浸在爱河中的男女会为小事而吵嘴，失恋的人却在怀念这些

这样说来，我们岂不是已经活在幸福之中了？我们的每一天岂不都是幸福的存在？你没有感觉到幸福，那是因为你没有失去眼前这一切，没有遭遇到比现在残酷数十倍、数百倍的不幸

何不先改变自己

——吴友智

一位客人在机场坐上一辆出租车，这辆车着实不一般：车的地板铺了羊毛地毯，地毯边上还缀着鲜艳的花边；车的玻璃隔板上镶着名画的复制品，车窗一尘不染。客人惊讶地对司机说：“我从没搭过这么漂亮的出租车！”

“谢谢你的夸奖。”司机笑着回答。

“你是怎么想到装饰你的出租车的？”客人问道。

“车不是我的。”司机说，“是公司的。多年前，我本来在公司当清洁工，每辆出租车晚上回来时‘蓬头垢面’不说，车内还像垃圾堆一样，地板上满是烟蒂和纸屑，座位或车门把手甚至有花生酱、口香糖之类黏糊糊的东西。当时我就想，如果有一辆清洁的车给乘客坐，乘客也许会讲卫生得多。”

“领到出租车牌照后，我就开始实施自己的想法——把车收拾成这样。每位乘客下车后，我都会察看一下，一定替下一位乘客把车准备得十分整洁。

“说也奇怪，从开车到现在，客人从来没让我失望过。不曾有一个烟蒂要我捡拾，也没有花生酱或冰激凌蛋筒等。先生，我觉得，人人都欣赏美的东西。如果我们的城市里多种些花草树木，把建筑物弄得漂亮点，我敢打赌，一定会有更多的人愿意把垃圾送进垃圾箱。”

世界上的事往往就是这样，改变别人是事倍功半，而改变自己却是事半功倍。一味地苛求他人倒不如更多地反躬自问。既然近朱者赤，近墨者黑，那么，你用心珍惜，他人自然会有所感悟。我们在生活中往往喜欢谴责别人，埋怨环境不好，却从不愿从自身找原因。在街上散步，见了那绕在你脚边的塑料袋，我们不妨随手捡起打个结丢进路边的垃圾箱；邻里街坊，鸡毛蒜皮的事儿，不妨让一让。事实上，当我们不再将眼睛盯着别人，而是回到自己的心灵世界，将尘埃打扫干净，你会突然发现自己愉快了，别人也跟着愉快了。

既然如此，何不先改变一下自己呢?

索取也是爱

——佚名

一家人聚在一起。大姐说，母亲为我们奉献了一辈子，现在该到了我们为她奉献一点什么的时候了。

大姐先说，她最近正在忙着办按揭，准备买一幢别墅，把母亲接过去住，让母亲在有生之年尝尝住别墅的滋味。母亲听了摇摇头，说，我年龄大了，上下楼不方便，还是现在的“窝”好。

二姐说，她最近在学开车，等拿到了驾照，就买一辆车，周末带着母亲去郊外兜兜风。母亲说，我一闻到汽油味头就晕，哪还能兜什么风呢？何况我一兜风就感冒呢。

我的生活不富裕，不能为母亲买别墅轿车，但是可以在文章中多写写母亲，给母亲一些精神上的满足。等我话一说出口，母亲便说，天下的母亲谁不为儿女，我做到的别的母亲也都做到了。你写这些，也无非是赚几笔稿费。

一时间，我们几个子女有些尴尬。母亲有些过意不去，反过来安慰我们，你们都是好心，其实只要你们工作好，生活好我就满足了，我有退休工资，老年人消费又低，我确实不需要什么，不必为我操心。

在一旁沉默多时的小妹突然发了话。她说，说真的，我进过好多酒楼餐馆，什么山珍海味都没有妈做的豆腐乳好吃，妈可要多做点啊，我走时多带一些。

想不到，母亲眼睛一亮，异常地快乐，连声说好，最后还幽了一默，你买一口大缸，走时带一缸过去。说得一家人轰然大笑。

年迈的双亲，他们往往感到自己的能力正一点点丧失，子女不再像从前一样需要他们的爱，这才是他们晚年最大的失落和悲哀。做子女的怀着感恩的心，在为父母奉献的同时，还应该不忘“索取”一点什么。比如，一双鞋垫，一瓶豆腐乳，一罐辣椒油。我们用这种方式告诉双亲，子女虽已长大，但仍离不开你们的爱。

小善乃举手之劳

——易水寒

从广场的地下通道走过时，总看到有真残疾和假残疾的人跪在那里，点头如鸡啄碎米。有时候，我会放下个一元的钢蹦儿。当然，我并不总是这样做，但看到白发苍苍的老人伸着手，我一定不会让他们失望。他们的岁数和我爷爷奶奶一样大，即使是骗，一元钱还能把我骗穷吗？

在大街上遇到外地人满面汗渍地问路，我一定会认真地告诉他，往左怎么拐，往右怎么拐，乘坐几路车，等等。谁都有遇到难处的时候，这种详细的介绍，费不了我多长时间，但会让他对这个城市有个美好的印象。

夏秋季节的傍晚，常常有一些郊区的农户在马路边卖菜，他们黑红的脸上总是挂着谦卑的笑。我和妻子有个默契——跟他们买东西不讲价。这些菜，从种到地里到长大再拿到城里来，不容易。如果不想买，走开就得了；如果想买，也不差这几角钱。痛痛快快地过秤交钱，双方都高兴。

上大学时，在公交车上见到老人，总会给他们让座。后来参加工作，见识了各种人情冷暖，心就变得有点硬了，尤其见到有的人倚老卖老，故意往你身边蹭，看你怎么办，我就硬挺着不让座。后来发现，即使不让座，心里也不舒服。让了，反而舒坦了。好，那就仍然让吧。年轻轻的，站一会儿又能怎么样?

别人遇到不幸的事了，主动安慰一下；人家的小孩漂亮，夸奖几句；刮风下雨天，把报贩最后的几张报纸买下来；下出租车的时候，对司机说声谢谢

这些事，都不是大事，但是很多人恰恰不愿意去做。小善乃举手之劳，但愿意做才成“善”。

有志竟成

——佚名

一位心理学家对我说过，多数情绪低落、不能适应环境者，皆因无自知之明，他们自恨福浅，又处处要和别人相比，总是梦想如果能有别人的机缘，便将如何如何。

固然，人人都能找出充分理由不满自己的遭遇。英国政治家威伯福斯厌恶自己矮小，著作家博斯韦尔有一次去听威伯福斯演讲，事后对人说：“我看他站在台上真是小不点儿。但是我听他演说，越说似乎人越大，到后来竟成了巨人。”这奇矮的人终生病弱。医生叫他吸鸦片烟，以维持生命，历时二十年，他却有本领不增加每日吸食的剂量。他反对奴隶贸易。英国废止奴隶贸易制度，多半是他的功劳。

历史上最激励人的成功事迹，多半是由身有缺陷境遇困难，但视之为生命的嘲弄，勇往直前不为之所困的人谱写的。挪威名小提琴家布尔有一次在巴黎举行演奏会，一曲未终，一根弦忽然断掉。他不动声色，继续用三根弦奏完全曲。这就是人生——一根弦折断，就用其余三根奏完全曲。

故老相传，苏格兰军队当年在西班牙与回教徒作战时，把故王布鲁斯的心抛在阵前，然后全军奋起抢夺，击败敌人。这就是前进的方法。掌握你的生命，高悬某种理想或希望，奋力以赴，使自己的生活能配合一个目标。有许多人庸庸碌碌，默默以终，这是因为他们认为人生自有天定，从没想到可以创造人生。事实是人生存在世上，那是天定；好好地利用自己的生活，使它朝着自己的计划和目标奋进，这样就成了人生。

这种坚定刻苦的人成功的原因最少有三个因素。第一是想象力。伟大的人生以憧憬开始，那就是自己要做什么或要成为什么的憧憬。南丁格尔的梦想是要做护士。爱迪生的理想是做发明家。这些人都为自己想象出明确的前途，把它作为目标，勇往前进。

第二是常识。圆凿而方柄是绝对行不通的。事实上，许多人东试西试，最后才找到自己真正的方向。美国画家惠斯勒最初想做军人。后来因为他化学不及格，从军官学校退学。他说："如果硅是一种气体，我应该已经是少将了。"司各特原想做诗人，但他的诗比不上拜伦，于是他就改写小说。要检讨自己，在想象你的目标时多用点心思，不要妄想。

第三是勇气。一个人真有性格，就有信心，就会有勇气。大音乐家华格纳遭受同时代人的批评攻击，但他对自己的作品有信心，终于战胜世人。黄热病流传许多世纪，死的人无法计算。但是一小队医药人员相信可以征服它，在古巴埋头研究，终告胜利。达尔文在一个英国小园中工作二十年，有时成功，有时失败，但他锲而不舍，因为他自信已经找到线索，结果终得成功。

月亮的脸

——栖云

俄国有个十二月的故事，玛莎被狠心的继母赶出家门，让她替她的亲生女儿采鲜花过生日。寒冷的十二月，冰封雪飘，哪里会有鲜花？玛莎并没有灰心地冻死在门外，她一边哭着一边走向森林。

她遇到了代表十二个月份的十二个神仙，他们能变换季节，玛莎终于采到了鲜花。

这是童话，但不一定离现实太远。有句佛语叫掬水月在手。苍天的月亮太高，凡尘的力量难以企及，但是开启智慧，掬一捧水，月亮美丽的脸就会笑在掌心。

关键是在生命的极点，从客观上讲，已完全不可能的情况下，主观是否一搏，是否那么垂死挣扎一下？遗憾的是，很多时候，我们的精神先于我们的身躯垮下去了。比如一个古代的寓言：一个人经过两山对峙间的木桥，突然，桥断了。奇怪的是，他没有跌下，而是停在半空中。脚下是深渊，是湍急的涧水。他抬起头，一架天梯荡在云端。望上去，天梯遥不可及。倘若落在悬崖边，他绝对会乱抓一气的，哪怕抓到一根救命小草。

可是这种境地，他彻底绝望了，吓瘫了，抱头等死。渐渐地，天梯缩回云中，不见了影踪。云中的声音说，这叫障眼法，其实你踮起脚尖儿就可以够到天梯，是你自己放弃了求生的愿望，那么只好下地狱了。

踮起脚尖儿，就是另一条生命，另一种活法，另一番境界。

这不可以凭肉眼，靠直觉，而是一种极强的生活责任心鼓起的勇气，它不仅包藏着求生的愿望，还体现着探索精神，不屈服的意志，以及不达目的誓不罢休的决心。

不到黄河心不死，这句话听起来平凡，却有几人能够真正做到？

监狱可能还不够用

——高宜远

拿破仑·希尔曾经做过一个这样的试验，他问一群学生："你们有多少人觉得我们可以在三十年内废除所有的监狱？"

学员们觉得很不可思议，这可能吗？他们怀疑自己听错了。一阵沉默以后，拿破仑·希尔又重复了一遍："你们有多少人觉得我们可以在三十年内废除所有的监狱？"

确信拿破仑·希尔不是在开玩笑以后，马上有人站起来大声反驳："这怎么可以，要是把那些杀人犯、抢劫犯以及强奸犯全部释放，你想想会有什么可怕的后果啊？这个社会别想得到安宁了。无论如何，监狱是必需的。"

其他人也开始七嘴八舌讨论："我们正常的生活会受到威胁。""有些人天生坏改不好的。""监狱可能还不够用呢！""天天都有犯罪案件的发生！"还有人说有了监狱，警察和狱卒才有工作做，否则他们都要失业了。

拿破仑·希尔不为所动，他接着说："你们说了各种不能废除的理由。现在，我们来试着相信可以废除监狱，假设可以废除，我们该怎么做。”

大家勉强地把它当成试验，开始静静地思索，过了一会儿，才有人犹豫地说：“成立更多的青年活动中心应该可以减少犯罪事件。”不久，这群在十分钟以前坚持反对意见的人，开始热心地参与了，纷纷提出了自己认为可行的措施。“先消除贫穷，低收入阶层的犯罪率高。”“采取预防犯罪的措施，辨认、疏导有犯罪倾向的人。”“借手术方法来医治某些罪犯。”　　最后，总共提出了七十八种构想。

这个试验说明：当你认为某件事不可能做得到时，你的大脑就会为你找出种种做不到的理由。但是，当你真正相信某一件事确实可以做到，你的大脑就会帮你找出能做到的各种方法。

你能走过独木桥吗

谈礼貌

——季羡林

眼下，即使不是百分之百的人，也是绝大多数的人，都抱怨现在社会上不讲礼貌。这是完全有事实做根据的。前许多年，当时我腿脚尚称灵便，出门乘公共汽车的时候多，几乎每一次我都看到在车上吵架的人，甚至动武的人。起因都是微不足道的：你碰了我一下，我踩了你的脚，如此等等。试想，在拥拥挤挤的公共汽车上，谁能不碰谁呢？这样的事情也值得大动干戈吗？

曾经有一段时间，有关的机关号召大家学习几句话："谢谢""对不起"等等。就是针对上述的情况而发的。其用心良苦，然而我心里却觉得不是滋味。一个有五千年文明的堂堂大国竟要学习幼儿园孩子们学说的话，岂不大可哀哉！

有人把不讲礼貌的行为归咎于新人类或新新人类。我并无资格成为新人类的同党，我已经是属于博物馆的人物了。但是，我却要为他们打抱不平。在他们诞生以前，有人早着了先鞭。不过，话又要说了回来。新人类或新新人类确实在不讲礼貌方面有所创造，有所前进，他们发扬光大了这种并不美妙的传统，他们（往往是一双男女）在光天化日之下，车水马龙之中，拥抱接吻，旁若无人，洋洋自得，连在这方面比较不拘细节的老外看了都目瞪口呆，惊诧不已。新人类还要新到什么程度呢？

如果一个人孤身住在深山老林中，你愿意怎样都行。可我们是处在社会中，这就要讲究点人际关系。人必自爱而后人爱之。没有礼貌是目中无人的一种表现，是自私自利的一种表现，如果这样的人多了，必然产生与社会不协调的后果。千万不要认为这是个人小事而掉以轻心。

现在国际交往日益频繁，不讲礼貌的恶习所产生的恶劣影响已经不局限于国内，而是会流布全世界。前几年，我看到过一个什么电视片，是由一个意大利著名摄影家拍摄的，主题是介绍北京情况的。北京的名胜古迹当然都包罗无遗，但是，我的眼前忽然一亮：一个光着膀子的胖大汉子骑自行车双手撒把做打太极拳状，飞驰在天安门前宽广的大马路上。给人的形象是野蛮无礼。这样的形象并不多见。然而却没有逃过一个老外的眼光。我相信，这个电视片是会在全世界都放映的。它在外国人心目中会产生什么影响，不是一清二楚了吗？

最后，我想当一个文抄公，抄一段香港《公正报》上的话：

富者有礼高质，贫者有礼免辱，父子有礼慈孝，兄弟有礼和睦，夫妻有礼情长，朋友有礼义笃，社会有礼祥和。（节选）

好读书

——贾平凹

好读书就得受穷。心用在书上，便不投机将广东的服装贩到本市来赚个大价，也不取巧在市东买下肉鸡针注了盐水卖到市西；车架后不会带单位几根铁条几块木板回来做做沙发，饭盒里也不捎工地上的水泥来家修个浴池。钱就是那几张没奖金的工资，还得抠着买涨了价的新书，那就只好穿不悦人目的衣衫，吸让别人发呛的劣烟，吃大路菜，骑没铃的车。但小屋里有四架五架书，色彩之斑斓远胜过所有电器，读书读得了一点新知，几日不吃肉满口中仍有余香。手上何必戴那么重的金银，金银是矿，手铐也是矿嘛！老婆的脸上何必让涂那么厚的脂粉，狐狸正是太爱惜它的皮毛，世间才有了打猎的职业！都说当今贼多，贼却不偷书，贼便是好贼。他若要来，钥匙在门框上放着，要喝水喝水，要看书看书，抽屉的作家证中是夹有两张国库券。但贼不拿，说不定能送一条字条：“你比我还穷！”三百年后这字条还真成了高价文物。其实，说穷也不是穷到要饭，出门还是要带十元钱的，大丈夫嘛，视钱如粪土，它就只能装在鞋壳里头。

好读书必然没个好身体。一是没钱买蜂王浆，用脑过度头发稀落，吃咸菜牙齿好肠胃虚寒；二是没权住大房间，和孩子争一张书桌，心绪浮躁易患肝炎；三是没时间，白日上班，晚上熬夜，免不了神经衰弱。但读书人上厕所时间长，那不是干肠，是在蹲坑读书；读书人最能忍受老婆的咕囔，也不是脾性好，是读书入了迷两耳如塞。吃饭读书，筷子常会把烟灰缸的烟头送到口里，但不易得脚气病，因为读书时最习惯抠脚丫子。可怜都是蜘蛛般的体形，都是金鱼似的肿眼，没个倾国倾城貌，只有多愁多病身。读书人的病有治其病的药，药不在《本草》而直接是书，一是得本性酷好之书，二是得急需之书，三是得未见之书。但这药医生常不用，有了病就让住院，住院也好，总算有了囫囵时间读书了。所以，约伙打架，不必寻读书人，那鸡爪似的手没四两力；要欺负也不必对读书人，老虎吃鸡不是山中王。读书人性缓，要急急不了他，心又大，要气气不着，要让读书人死，其实很简单，给他些樟脑丸，因为他们是书虫。

说了许多好读书的坏处，当然坏处还多，譬如好读书不是好丈夫，好读书没有好人缘，好读书性情古怪。但是，能好读书必有读书的好，譬如能识天地之大，能晓人生之难，有自知之明，有预料之先，不为苦而悲，不受宠而欢，寂寞时不寂寞，孤单时不孤单，所以绝权欲，弃浮华，潇洒达观，于嚣烦尘世而自尊自重自强自立不卑不畏不俗不谄。说到这儿，有人在骂：瞧，这就是读书人的酸劲了，为什么不说“万般皆下品，唯有读书高”呢？真是阿Q精神喽！这骂得好，能骂出个阿Q来，便证明你在读书了，不读书怎么会知道鲁迅先生曾写过个阿Q呢？因此还是好读书者好。（节选）

再说端端

——巴金

我还想谈谈外孙女小端端的事情。

前一篇关于她的文章是三年前发表的，现在端端不再是“我们家庭最小的成员”了（我儿子结了婚，家里添了一个一岁的小孙女）。但她仍然是全家最忙的人。她在小学读到了五年级，每天还是带了不少的课外作业回家，到家后休息不过半小时，就埋头用功，常常坐到晚上八九点钟，中间只除去吃一顿晚饭的时间。她在家做功课，常常借用我的写字台。我算了一算她一天伏案的时间比我多。我是作家嘛，却没有想到连一个小学生也比我写得更勤奋。“有这样的必要吗？”我不止一次地问自己。我总觉得：儿童嘛，应当让她有时间活动活动，多跑跑，多笑笑，多动动脑筋。整天坐着看书写字，就不像小孩了。我自己也有过童年，我并不曾忘记我是怎样过来的。虽然生活在封建或半封建的社会里，我也还是一个跳跳蹦蹦的孩子，常常用自己的脑筋想主意，我有时背书背不出来挨板子，但也有痛痛快快和同伴们游戏的时候。我始终不曾感觉到读书像一种沉重的负担，是一件苦事。所以有一天我听见端端一个人自言自语发牢骚：“活下去真没劲！”不觉大吃一惊，我对孩子的父母谈起这件事，我看得比较严重，让一个十岁多的孩子感觉到活下去没有意思，没有趣味，这种小学教育值得好好考虑。孩子的父母并不完全同意我的看法，特别是做母亲的总以为孩子不肯多动脑筋，做作业做得太慢，自己又没有工夫辅导孩子，有时看见到了九点孩子还在用功，就动了气，放连珠似的大骂一顿，逼着孩子上床睡觉。孩子只得第二天提早起床做功课。孩子的父亲偶尔和我同声说一句：“孩子睡眠不足。”但是他也不得不警告孩子：将来念中学，考重点学校，功课更多，老师抓得更紧，现在不练就一些本领，以后怎样过日子？

端端并不理解这个警告的严重性。她也不知道如何练就应付那些功课的本领。她母亲责备她“窍开得慢”，似乎也有道理。我的两篇文章写成相隔三年，这就说明三年中她的情况并未改善，可见进步很小。她的学习成绩始终不稳定，而且常常不大好。但孩子既爱面子，又怕挨骂，每逢考试成绩在九十分以上，她回到家，就马上告诉大人（姑婆、太娘或者她的父母），要是成绩在八十分以下，她便支支吾吾，设法拖延一两天，终于给妈妈知道，还是挨一顿痛骂。说也奇怪，我女儿思想很开放，但是要她抓孩子的功课，或者她发现了孩子的毛病，就缺乏耐心，不由分说，迎头来一阵倾盆大雨，有时甚至上纲上线，吓得孩子无话可说。我不同意这种教育方法，我心里想：她不开窍，你帮忙她开窍嘛。可是我女儿、女婿都在为自己的“事业”忙碌着，抽不出时间来照顾孩子的学习。我在旁边冷静地观察，也看得出来：孩子挨骂的时候，起初有些紧张，后来挨骂的次数多了，她也就不大在乎了。所以发生过的事情又继续不断地发生。做母亲的却从未想过：为什么孩子会有“活下去真没劲”的思想。她大概以为“不要紧，大家都是这样地教育成人的”。

当然，谁也不必把孩子的话看得太认真。的确大家都是这样过来的。孩子不会因为功课重就“看破红尘”，也不会因为挨骂多就起来“造反”。一切会照常进行，不必紧张。孩子虽爱面子，但也不会去考“重点学校”，她父母也不会强迫她考“重点学校”，我更不鼓励她念“重点学校”，因为做“重点”学生，要付出更大的代价，她还不够条件。

我三年前就曾指出，现在的教学方法好像和我做孩子时候的差不太多，我称它为“填鸭式”，一样是灌输，只是填塞进去的东西不同罢了。过去把教育看得很简单，认为教师人人可做，今天也一样，无非是照课本宣讲，“我替你思考，只要你听话，照我说的办”。崇高理想，豪言壮语，遍地皆是；人们相信，拿起课本反复解释，逐句背诵，就可以终生为四化献身，向共产主义理想迈进了。

我是受过“填鸭式”教育的，我脑子里给填满了所谓孔孟之道，可是我并没有相信过那些圣贤书，人们从来不教我开动脑筋思考，到了我自己“开窍”的时候，我首先就丢开那些背得烂熟的封建糟粕或者封建精华。我总是顺着自己的思路想问题，也只能顺着自己的思路想问题，那些填进去的东西总不会在我的脑子里起作用，因为我是人，不是鸭子。

今天的孩子当然也不是鸭子，即使我们有十分伟大、极其崇高的理想也不能当作“饲料”使用吧。要是作为“饲料”，再伟大的东西也会走样的。何况用“饲料”填鸭只是为了让鸭子快快长肥给人吃掉。我们给孩子受教育却是为了让他们做有用的人，为建设祖国长期尽力，这是“百年大计”，绝不是单单把他们“养肥”就解决问题。

为孩子们着想，培养他们最好是“引导”“启发”，使他们信服，让他们善于开动脑筋，学会自己思考问题。真正懂得什么是伟大，什么是崇高，什么是好，什么是美，他们才有可能向伟大、崇高、好和美的方面追求。听话的孩子不一定就是好学生，肯动脑筋的孩子总比不动脑筋的好。人总是不停地前进的，人类社会总是不断地发展的。不论是人，不论是社会，都不可能照一个模式世世代代不变地传下去。依赖父母的子女是没有出息的。下一代不会让我们牵着鼻子走，他们一定会把我们抛在后面，因为我们常说：孩子是我们的未来，我们的希望。是希望，是未来，就得跟“填鸭式教育”决裂。未来绝不会跟过去和现在一模一样。（节选）

心是花园

——罗兹曼·里斯

不久前，我和索菲去乡下拜访一位朋友，住在一个漂亮的小木屋里。屋外种着果树，盛开着鲜花，草地上还有几只山羊。小屋门上用鲜艳的字体，行云流水般地写着:

心是花园，

思想为种，

既可繁花似锦，

也能杂草丛生。

虽然不太明白这首小诗，但我们决心要努力观察自己的思想，把在自己“心的花园”里种下的东西看清楚。起初有些困难，渐渐地，我们开始注意到在心中反复一闪而过的是哪种思想。

当发现大多数“思想的种子”都是负面的，想到也许日后会长成一片片刺人的荨麻，我们变得烦恼不已！慢慢地我们发现，生活中遇到的许多问题与困难，正是源于我们不断在心中种下的怀疑、害怕和忧虑的种子。

这确实是一件很伤神的事情，但随着时间的推移我们会历练得愈加从容。当我们越来越认清这些负面思想时，我们就能说："不！我不会把这棵草种在我心中的花园。"

我们会有意识地去选择种一些更好的东西，结果令人十分满意。有意识地耕作心灵花园时，生活中由此发生的改变也会令人吃惊。障碍不见了，阻隔坍塌了，你曾经认为是不可能或遥不可及的东西突然出现在我们的视野里。

无论在心灵花园中种下什么样的思想之种，随后就会在生活中体验到它给我们带来的一切。

每一个花园都处在不断变化之中。仅种下一粒幸福的种子，随即便抛在脑后是不行的。孱弱的秧苗很快就会被杂草吞噬。那些害怕、怀疑与忧虑的杂草一长出来，就要将它们拔除并丢弃。爱、幸福与宁静都是会传染的。那些不断在心灵花园里种下这些种子的人们，也正把爱、幸福与宁静播到别人的心田里。请记住：

心是花园，

思想为种，

既可繁花似锦，

也能杂草丛生。

所以问问自己，你准备在绚丽的心灵花园里种些什么呢？愿爱和幸福充满你的心灵花园。

没人看见，你也鞠躬吗

——何炅

我在东京坐过一次小巴，是那种很不起眼的小型公共交通工具，从涩谷车站到居住社区集中的代官山。一上车我就注意到司机是个娇小的女孩，穿着整齐的制服，戴了那种很神气的筒帽，还有非常拉风的耳麦。我们上车的时候，她就回头温柔地说欢迎乘车，立刻就觉得这样的车程是温馨愉快的。

途中，我发现司机最忙的其实是嘴，因为她戴着耳麦时刻都在很轻柔地与乘客说着话。比如“我们马上要转弯了，大家请坐好扶好哦”；“我们前面有车横过，所以我们要稍等一下”；“变绿灯了，我们要开动了”；“马上要到站，要下车的乘客请提前做好准备”。

车门打开了，随着乘客上来一个同样装扮的女司机。她朝车里的乘客们深鞠一躬，说：“接下来由我为大家服务，请多关照。”哦，原来她们是要交接班了！

上来的司机握好方向盘，同样温柔地说：“我们的车马上就要开动了，请大家注意安全。”这时，下车的司机在路边对乘客说：“谢谢大家，祝大家一路平安！”

车开动了。无意中回头，我发现下车的司机静静地在路边朝我们行驶的方向鞠着九十度的躬，许久许久。

我说了这么多乘车时的细节，重点就在这个无人看见的鞠躬。那天下着小雨，在一条社区边安静的小路旁，一个娇小的女孩诚心实意地对着乘客离去的方向深深地弯下腰去。这个场面让我当时很感动，并静静地定格在我的记忆中。

这可能会让你觉得日本公交公司的要求过分复杂和矫情，我也无意推崇某些具体的做法，我甚至觉得更多的客套话和没完没了的鞠躬，其实已经不太适合这个快节奏的时代。可是，我感动于这个无人看见的鞠躬！这让我觉得，遵守职业操守、行为准则不是做给别人看的。如果你没有从心里理解和接受一个做法，你就没有办法发自内心地把它做得透彻到位。有人监督的时候当然可以很好地表现，而没有人看见的时候呢？是否也能同样地好自为之？其实，我们的操守教育也好，诚信教育也好，就是期待大家在人前人后都用一贯的标准要求自己！

没人看见的时候，你也会鞠躬吗？

隔三差五地，该讨好一下岁月。不然她木着一张脸、毫无表情地从你身边匆匆走过，让你看着不舒心；或是心狠手辣地从你身边拽走时光，一天二十四小时被她一把抓走眼睛连眨巴都不带眨巴一下的，等你发现早已来不及了，你就清等着痛心吧！

讨好岁月，就要时不时地带她出去遛遛，走出日常的圈子，到“非常”那儿去溜达溜达。这“非常”有时可以是一个完全陌生的国度，一个完全陌生的语言圈，一个完全陌生的人群，看看在同一片蓝天白云下，有这么一些人过着和你不尽相同的生活。

金秋的九十月间，就有一段被我讨好了的岁月。去了一趟韩国，做了半个月的“睁眼瞎”，没了半个月的耳朵，闹了几个笑话。韩国字乍一看全认识，仔细看一个也不认识。韩国人吃饭时席地而坐，室内的地表常是温热，他们叫作“地炕”。他们用菜叶子包饭吃，一撮饭外加一截大葱一疙瘩蒜还有带汤汁的肉片，叠巴叠巴送进嘴里。依样画葫芦地模仿着他们，品尝这满嘴的新鲜感时，不经意发现，他们连看都没看你一眼，他们不教导你不笑话你也不表扬你，因为他们根本不知道这在你还是第一次。他们的“日常”正是你的“非常”。

讨好岁月，就得勤快点给她留个“影”下来，就像给成长中的孩子摄个影、录个像那样，生怕她长得忒快了一转眼就给你来个面目全非。出门远游，可以没有照相机，没有摄像机，但不能没有纸和笔。二三十年前，当我们还远没有照相机，远不知摄像机为何物的时候，我们幸好拥有纸笔这一对黄金搭档、这两个忠实伙伴。从上海到北大荒、从北大荒到上海，来来回回的，不知有多少岁月的身影被我“摄”在了本子上。如今，出门时又是照相机又是摄像机的，简直“武装到了牙齿”，但我仍然难舍我的这两位老朋友。背包里留出它们呆的地方，日程中有留给它们的用武之时。这回在韩国釜山的东义大学，下榻在山顶的晓民生活馆，西向，傍晚时分眺望对面严广山脊的落日景象，映着一条蒙蒙胧胧的洛东江，真是美得让人醉倒。第一天只知道一味地痴看，第二天用笔描绘，写二三个字抬头看一眼，直到太阳完全看不见。写完了才想起该用摄像机记录。可偏偏第三天阴雨绵绵。以为这回要错过了，还好第四天又是个“残阳如血”。回家后让丈夫看这两幅用笔摄取和用机子摄取的“长河落日图”，他竟说还是笔记本上的更美些！

这是些由远山近水、由朝霞落日讨好过的岁月。这是些用眼睛、用笔、用心讨好过的岁月。若干年后，当这些带有某年某月某日的文字被你复读时，那些你所经历过的情景，便会在你的眼前、在你的耳边悠悠重现。这就是被你讨好过的岁月给予你的回报。只有你讨好了她，她才会讨好于你；只要你讨好她，她决不会不讨好你。现如今，还有什么比讨好岁月更靠得住的？

你能走过独木桥吗

——佚名

弗洛姆是美国一位著名的心理学家。一天，几个学生向他请教：心态对一个人会产生什么样的影响?

他微微一笑，什么也不说，就把他们带到一间黑暗的房子里。在他的引导下，学生们很快就穿过了这间伸手不见五指的神秘房间。接着，弗洛姆打开房间里的一盏灯，在这昏黄如烛的灯光下，学生们才看清楚房间的布置，不禁吓出了一身冷汗。原来，这间房子的地面就是一个很深很大的池子，池子里蠕动着各种毒蛇，包括一条大蟒蛇和三条眼镜蛇，有好几只毒蛇正高高地昂着头。就在这蛇池的上方，搭着一座很窄的木桥，他们刚才就是从这座木桥上走过来的。

弗洛姆看着他们，问：“现在，你们还愿意再次走过这座桥吗?”大家你看看我，我看看你，都不做声。

过了片刻，终于有三个学生犹犹豫豫地站了出来。其中一个学生一上去，就异常小心地挪动着双脚，速度比第一次慢了好多倍；另一个学生战战兢兢地踩在小木桥上，身子不由自主地颤抖着，才走到一半，就挺不住了；第三个学生干脆弯下身来，慢慢地趴在小木桥上爬了过去。

“啪”，弗洛姆又打开了房内另外几盏灯，强烈的灯光一下子把整个房间照耀得如同白昼。学生们揉揉眼睛再仔细看，才发现在小木桥的下方装着一道安全网，只是因为网线的颜色极黯淡，他们刚才都没有看出来。弗洛姆大声地问：“你们当中还有谁愿意现在就通过这座小桥？”

学生们都没说话，“你们为什么不愿意呢？”弗洛姆问道。“这张安全网的质量可靠吗？”一个学生心有余悸地反问。

弗洛姆笑了:“我可以解答你们的问题了，这座桥本来不难走，可是桥下的毒蛇对你们造成了心理威慑，于是，你们就失去了平静的心态，乱了方寸，慌了手脚，表现出程度不同的胆怯——这就是心态对行为产生的影响。”

其实人生又何尝不是如此呢？在面对各种挑战时，也许失败的原因不是因为势单力薄，不是因为能力不及，也不是没有对事物作透彻的了解和分析，而是对产生不良后果的可能性（哪怕是极小的可能性）看得太清楚、分析得太透彻、考虑得太详尽，才会被困难吓倒，举步维艰。如果我们在通过人生的独木桥时，能够盯准目标，忽略险恶，专心走好自己脚下的路，我们也许能更快地到达目的地。

捕鸟者说

——傅志伟

我在郊外树林中寻幽，突然前方似有雾气蒸腾。走近了，是一张细如发丝的网，网四周挂有十几个鸟笼，笼中鸟儿啁啾声声。不远处，一位老者正坐在马扎上喝茶。我踅了过去，和他攀谈起来。

“现在不准猎捕野生动物吧？”我问。

捕鸟人微微一笑。

我又问：“一天能抓几只？”捕鸟人举起手中望远镜，答非所问地说：“那边树上有只啄木鸟。”

“捕鸟有什么诀窍吗？”我再问。

“其实鸟和人一样，都是栽在顺利的地方。”捕鸟人缓缓放下手中望远镜，“假如前面是座高山，鸟儿绝对能飞过去。可面对这张细网，鸟儿只看到前面的开阔，还使劲儿飞呢，一撞上去，再也下不来了。”

“笼中这些鸟儿是才捕的吧？”我转了个话题。

“不是，是引诱其他鸟儿用的。”捕鸟人道。

“引诱鸟儿？”我突然来了兴致，“人说兽有兽言，鸟有鸟语，你不怕这些鸟儿喊这里有罗网？”

“我刚说了鸟儿和人一样，”捕鸟人微微一笑，“假如你被关在笼子里会怎么办？可能会耐不住寂寞希望再关进一个人和你聊天，也可能嫉妒别人的自由而将其骗进笼子。”

我突然汗毛倒竖：“这笼中鸟儿会说些什么呢？”

“假如朋友打电话说等钱急用，你肯定会百般推脱，要是请你喝酒呢”捕鸟人又拿起望远镜四处观察了一下，“所以我想这些鸟儿会说这里食物鲜美，这里有清凉的溪水。”

突然，身边传来飞禽挣扎声，捕鸟人走到用布罩着的鸟笼旁，掀开布角观察了一下：“这是今天刚捕到的，它们的鸣叫充满悲愤之声，所以要盖起来不让它见天日，然后再喂几天美餐，也就和其他笼鸟没有区别了。”

“有不好捕的鸟么？”

“俗话说‘人为财死，鸟为食亡’，都在一个‘贪’字上。凡是禁得住诱惑的鸟儿，再高明的捕鸟人也难以捕获。”

猫鼠的对话

——张峰

第一次对话

老鼠："猫局长，久仰大名如雷贯耳啊！今日一见，果然是威风凛凛气度不凡啊！"

猫："别跟我来这一套，你们老鼠的这种招法我可见多了。告诉你，你的这一套对我来说没用！"

老鼠："猫局长，瞧您说的，我们老鼠怎敢在您面前耍什么心眼呢？我们只是仰慕您的高风亮节，深深地被您的猫格魅力折服而已。"

猫："量你们也不敢有别的什么想法，既然这样，那就不妨进来坐坐吧。不瞒你说，我还正想找你们谈谈，了解了解情况呢。"

老鼠进门，毕恭毕敬地奉上一个鼓鼓的见面红包。

第二次对话

老鼠："猫老板啊，请允许我这样称呼您，我觉得您才是世界上最有派头最够资格的老板。您雷厉风行的气度，您说一不二的威风，您虎气十足的胡须，您明察秋毫的眸子，真是令我辈倾倒啊！"

猫："快别这样说，这样说多不好，禽兽们听着好像是你在奉承我似的。什么'老板'不'老板'的，官职不分大小，都是禽兽的公仆嘛，以后再也不要'老板老板'地叫了，要讲政策嘛。"

老鼠："还是猫老板理论水平高，思想觉悟高，那我以后干脆就叫您'猫哥'吧。猫哥，前不久我的几个手下栽进局子的事情，就全靠您多费心了！这是我们公司这段时间的红利分成，一点小意思，请您务必笑纳。"

老鼠走后，猫把门关上在办公室里数了老半天的票子。

第三次对话

老鼠给猫局长打电话："猫哥啊，咱又有几个兄弟栽进去了，你这个局长是怎么当的，连弟兄们的安全都保证不了？"

猫："你是怎么说话的呢，别忘了，我可是堂堂的捕鼠局局长！"

老鼠："算了吧，我的大局长，大老板。你去翻一翻你家的存折吧，你跟我们早就是一根线上的蚂蚱了，还唱什么高调！我告诉你，这次被你们请进去的几个兄弟可是我们公司的重量级鼠物，掌握着公司许多核心机密。他们的安全维系着你我的安全，这事，你自己掂量着办吧！"

说完，老鼠"啪"的一声关了手机，留下老猫在办公室里不停地来回踱着步。

诚实的蓝色

——刘心武

飞机就要降落悉尼国际机场，大家开始填写入境卡。我见上面有一问是鞋底有没有土，觉得有点奇怪，哪位旅客的鞋底会是毫无尘土的呢？我左边一位中年男士跟我说，那一串问题，你就都填没有就是啦，何必自己给自己找麻烦呢？我右边一位小伙子则跟我说，你还是要如实填写，澳大利亚海关对入境者的诚信度，比美国等海关更重视，我们既然觉得自己鞋底有土，那就填写吧。

听了小伙子一席话，我就在“鞋底有没有土”和“是否携带了含有动物和植物成分的药品”两项后面都作了肯定性标记。

进关验护照签证时，我主动把鞋底抬起来请验证女士看，她微笑点头，说了声“没关系”，很快给我盖章放行。后来我弄清楚，所谓鞋上有土，是特指从某些特殊地区来，鞋上严重粘携了野土或农土。澳大利亚严防有碍于其固有生态环境的生物或含有生物成分的载体入境，但对我把一般城市尘土也加以填写，人家也不见怪，反而多了几分对我诚实的尊敬。到了行李检查台前，我想从提包里把所带的速效救心丸取出给他们看并加以解释，海关职员只问了句：“药？自己用？”我答是，他也就微笑摆手让我出安检口。

十二月的澳大利亚，开始进入盛夏。我注意到，悉尼栽种得最多的一种草本植物，是能从条形叶丛里挺出一米多高的花柱，顶端绽开绣球般形态的蓝色花。这是悉尼最常见的草花，街边、公园、宅前、滩头，到处开放，仿佛给这座城市绣出了一张蓝色的网络。另外，特别让我眼睛一亮的，是一种树木，从那羽状叶片上看，很像合欢，但它开出来的却不是我在北京看惯了的那种金红色的马樱花，而是比蔚蓝浓重、比深蓝明快的那么一种穗状花，盛开时满树看不出叶子，蓝盈盈的全是花，非常壮观。这种树的名字，英文译出来就是“蓝色铃铛”。

我还注意到，澳大利亚各处的大小圣诞树上所悬挂的装饰物品，也多以蓝色为主。这是不是因为蓝是冷色，可以多少化解些盛夏带来的燥热呢？后来与一位名叫珊德娜的澳大利亚女士攀谈，她告诉我，澳大利亚人喜欢蓝色，因为蓝色是诚实色，在人类的优秀品质里，诚实应该排在第一位。诚实令每个人自己能睡安稳觉，做任何事时都能克服困难，自信心十足地去获取受之无愧的利益，而人际间也只有诚实才能建立起彼此的信任与合作

各民族自有其爱好的色彩，每个人更有选择自爱色的权利，倒不一定都得去喜欢蓝色，或者都去认同珊德娜的解释，但她的颂蓝之词，毕竟令人心动。

总听到有人抱怨自己时运不济，缺乏良机。在他们眼里，“机会”这东西甚至是可恶的。它的可恶之处就在于它只会死心塌地做别人的情人，自己纵然铁鞋踏破，两眼望穿，“机会”也不肯怜惜地施与自己一丝恩泽、一点青睐。每当听到这样的抱怨，我总会想起现在已是著名商人的杨先生的故事。

那时，杨先生在一家保健品公司担任推销员。一次他乘飞机出差，不幸遇到了“千载难逢”的劫机。度过了惊心动魄的十个小时之后，问题终于得到了解决。就在要走出机舱的一瞬间，杨先生突然想到在影视作品中经常看到的情景——当被劫持的人从机舱中走出来的时候，总会有不少记者前来采访。为什么不利用这个机会宣传一下自己公司的形象呢？

想到这儿，他立即从箱子里找出一张公司制作的广告宣传单，在反面浓墨重彩地写了一行大字：“我是公司的推销员，我和××牌保健品安然无恙。”

他举着这张广告宣传单一出机舱，立即就被电视台记者的镜头捕捉到了，多家新闻媒体都对他进行了采访报道，他瞬间成了这次劫机事件中的明星！待他回到公司的时候，董事长和总经理带着所有的中层主管，在公司门口夹道欢迎他。原来，他别出心裁的举动，使得公司和产品的名字在一夜之间家喻户晓，公司的电话都快被打爆了，客户的订单更是一个接一个。董事长动情地说:“没想到你在那样的情况下首先想到的竟然是公司和产品。毫无疑问，你是最优秀的推销主管！”董事长当场宣读了对他的任命书：主管营销和公关的副总经理。

一桩众人眼中倒霉至极的“事件”，就这样轻易地被杨先生改写成了“传奇”！

良机降临的时候，没有人会告诉你，这个事件里是否潜藏了财富，相反，它有时甚至会面目狰狞地朝你走来，让你在手足无措的惊惶中和它失之交臂。什么样的人才能够很好地把握住它呢？聪慧、果敢，这些当然都是不可或缺的因素，但是，最重要的一点应该是他要拥有“成就动机”，也就是随时要为成功而准备着。如果这个世界上真有所谓“天赐良机”，那么，发现它的，就是那被我们强烈的“成就动机”镀亮了的“第三只眼睛”。

孤独地走向未来

孤独地走向未来

——贾平凹

好多人在说自己孤独，说自己孤独的人其实并不孤独。孤独不是受到了冷落和遗弃，而是无知己，不被理解。真正的孤独者不言孤独，偶尔作些长啸，如我们看到的兽。

弱者都是群居者，所以有芸芸众生。弱者奋斗的目的是转化为强者，像蛹向蛾的转化，但一旦转化成功了，就失去了原本满足和享受欲望的要求。国王是这样，名人是这样，巨富们的挣钱成了一种职业，种猪们的配种更不是为了爱情。

我见过相当多的郁郁寡欢者，也见过一些把皮肤和毛发弄得怪异的人，似乎要做孤独，这不是孤独，是孤僻，他们想成为六月的麦子，却在仅长出一尺余高就出穗孕粒，结的只是蝇子头般大的实。

每个行当里都有着孤独人，在文学界我遇到了一位。他的声名流布全国，对他的诽谤也铺天盖地，他总是默默，宠辱不惊，过着日子和进行着写作，但我知道他是孤独的。

“先生，”我有一天走近了他，说，“你想想，当一碗肉大家都在眼睛盯着并努力去要吃到，你却首先将肉端跑了，能避免不被群起而攻之吗？”

他听了我的话，没有说是或者不是，也没有停下来握一下我的手，突然间泪流满脸。

“先生，先生 ”我撵着他还要说。

“我并不孤独。”他说，匆匆地走掉了。

我以为我要成为他的知己，但我失败了，那他为什么要流泪呢，“我并不孤独”又是什么意思呢？

一年后这位作家又出版了新作，在书中的某一页上我读到了“圣贤庸行，大人小心”八个字，我终于明白了，尘世并不会轻易让一个人孤独的，群居需要一种平衡，嫉妒而引发的诽谤、扼杀、羞辱、打击和迫害，你若不再脱颖，你将平凡，你若继续走，走，终于使众生无法赶超了，众生就会向你欢呼和崇拜，尊你是神圣。神圣是真正的孤独。

走向孤独的人难以接受怜悯和同情。

大智若愚

——老舍

学会了作文章（文章不一定就是文艺），而后中了状元，而后无灾无病作到公卿，这恐怕是历来的文人的最如意的算盘。相传既久，心理就不易一时改变过来；于是在今天也许还有不少的人想用文章猎取利禄与声名。可是，这个心理必须改变，因为它正是把文艺置之死地的祸根。

要搞文艺就必先决定去牺牲。你要忘了个人的利益与幸福，你才能作一辈子文人，为文艺而生，为文艺而死。在物质享受上，稿费版税永远不能比囤积走私的来头大；在精神上，思想永远是自取烦恼的东西。相安无事便是一夜无话，文艺也就无从产生。不甘相安无事，你便必苦心焦虑地思索，而后把那最好的，最有价值的话说出来，而后你还要认真地去驳辩，勇敢地作真理的律师。这些，都给你带来痛苦，也许会要掉了脑袋。好话永远不甜蜜悦耳，而真理永远是用生命换得来的。

这样的说来，你假若想要以一半篇作品取个文艺者的头衔，从而展开一条小小的路径，去弄点钱花，娶个相当漂亮的太太，或且作一番与文艺无关的事业，则似乎大可不必，因为文艺最忌敷衍，最忌脚踩两只船；顶好卖什么吆喝什么，大不该只在“好玩”，或“方便”上要些玄虚。

只要你一想到为文艺服役，你就须马上想到一切苦处，像要去做和尚那样斩尽尘根，硬是准备满身虱子连搔也不去搔一下！你要知道，凡是要救世的都须忘了自己，丧掉了自己的生命。

你要准备下那最高的思想与最深的感情，好长出文艺的花朵，切不可只在文字上用工夫，以文字为神符。文字不过是文艺的工具。一把好锯并不能使人变为好木匠。

即使那是真的，你也不要先去揣摩某人怎么仗着舅舅的力量而印出两本书，或某人怎么出巧计而做了编辑，从而千方百计地去仿效。文艺中无巧可取，你千万别自骗骗人！你知道，文艺者对别人是“大智”，对自己却是“大愚”！

勤俭持家

——老舍

在旧日的北京，人们清晨相遇，不互道早安，而问“您喝了茶啦？”这有个原因：那时候，绝大多数的人家每日只吃两顿饭。清晨，都只喝茶。上午九十点钟吃早饭，下午四五点钟吃晚饭，大家都早睡早起。

老北京里并非没有花天酒地、骄奢淫逸的生活。不过，那只限于富贵之家；一般市民是有勤俭持家的好传统的。当人们表扬一个好媳妇的时候，总夸她“会过日子”。会过日子即是会勤俭持家。

在我还是个孩子的时候，我们的小胡同里，住着赤贫的人家，也住着中等人家。即使是中等人家，对吃饭馆这件事也十分生疏。按照我们的胡同那时候的舆论说：大吃大喝是败家的征兆。

是的，我们都每日只进两餐，每餐只有一样菜——冬天主要的是白菜、萝卜；夏天是茄子、扁豆。饺子和打卤面是节日的饭食。在老京剧里，丑角往往以打卤面逗笑，足证并不常吃。至于贫苦的人家，像我家，夏天佐饭的“菜”，往往是盐拌小葱，冬天是腌白菜帮子，放点辣椒油。还有比我们更苦的，他们经常以酸豆汁度日。它是最便宜的东西，一两个铜板可以买

很多。把所能找到的一点粮或菜叶子掺在里面，熬成稀粥，全家分而食之。从旧社会过来的卖苦力的朋友们都能证明，我说的一点不假！

党和毛主席不断地教导我们，叫我们勤俭持家，勤俭办一切的事。可是，我们的生活有所改善，家里参加工作的人多了，工资也多了。口袋里有了钱，就容易忘了勤俭，甚至连往日喝酸豆汁度日的苦楚也忘了！勤俭持家的好传统万万忘不得！

用人成败的三句话

——佚名

古人曾子有句话说得好：“用师者王，用友者霸，用徒者亡。”

“用师者王”就是领导者非常谦虚，尊奉真正贤能之人为老师，从而“王天下”，成大功。例如周武王用姜太公尊之为国师，其后文王逝世，武王继位，又用姜太公并尊为尚父。汤用伊尹，齐桓公用管仲尊之为仲父，燕昭王用郭隗，都是用师。

“用友者霸”就是领导者对下属像兄弟朋友一样。例如刘邦用萧何、韩信、张良，苻坚用王猛，刘备用诸葛亮等等，都是用友。

“用徒者亡”则是指专用言听计从、唯唯诺诺、顺人喜好的人，那是必然会失败的。

这是曾子体察历史经验而后，据以说明历史兴衰成败的用人大原则，也是古代施行王道，招揽人才的办法。

熊和蜂蜜

——燕小北

从冬眠中醒来后，熊就开始为蜂蜜的事情苦恼。

阳光不好，它担心森林里的那些花长得不够浓郁，蜜蜂会不来采蜜，或者蜜蜂来了，采到的蜜却没有往年那么香醇。熊一面看着太阳，一面忧虑。

接着是没完没了的雨水，它想那些花儿一定被雨水糟蹋了。它们太娇弱了，很容易被泡烂了根系，另一方面，蜜蜂也许在这样的天气里会不出去工作，如果按照这样糟糕的假设，那它今年一定吃不到一点儿蜜了。

熊变得焦躁起来，在蜂房的周围不停徘徊，除了这个，它没心思去找其他吃的，或者是安静地休息一会儿，看看别的事情。

到了后来，气温偏高，秋旱持续，那些该开的花长得极其衰弱，食叶害虫、地下害虫们都出现了，附近的花已经气息奄奄。熊开始在夜里睡不着觉，但它在花丛里奔走忙碌，虫子一点也没见少。

熊的很多个日日夜夜，就在这样的担心和忧虑里过去了。

但其实，熊在阳光不好的那些日子，吃到了油菜花的蜜。

雨季里它吃到的是枣花的蜜。

虫子最多的时候，它吃到了向日葵的蜜。

这不是很奇怪么，一只熊在应该吃到蜜的日子里，确实吃到了它喜欢的蜜，尽管有时候吃得少一点儿。但它却还是没完没了地替那些花和蜜蜂操心。

其实，一只熊应该是这样的，它每天在森林里找找鱼、鸟类、昆虫这样的食物，吃饱了晒晒太阳，晚上待在洞里呼呼大睡。如果蜜酿好了，它自然会知道。

风滚草的坚持

——佚名

每当秋季来临时，非洲大草原上常常可以看到一个个草球在滚动，这便是被人们称为草原“流浪汉”的风滚草。那么，这些草原上的“流浪汉”为什么要到处滚动呢？植物学家揭开了其中的奥秘。这些“旅行家”是借助滚动来传播种子的。风滚草果实开口的地方长着秘密的茸毛，种子不可能一下都散播出去，只有在滚动中受到震动，才能掉出几粒来。那么它们是怎样实现滚动的呢？原来每到秋天时，它的枝条便向内卷曲，使整个植物体变成球形，茎的基部在靠近地面处也变得很脆弱，经大风一吹或被动物一碰，靠近地面的茎便被折断，植物体脱离根部而随风在草原上滚动。

一位植物学家对此很感兴趣，他想试一下，如果风滚草不实现滚动，能否有办法传播种子呢？他做了一个实验。他用套管把风滚草枝条束缚住，不让他弯曲，然后观察它的变化。不久，他便发现一个现象：风滚草纸条因为不能弯曲，便努力向外生长，当超出套管的束缚时，它便开始弯曲，科学家又拿套管继续束缚枝条，枝条便继续向外生长

就这样，风滚草坚持超越束缚，时刻准备弯曲。更值得一提的是，经

过测试，风滚草脆弱的地方已不再茎的基部，而是在每一节套管的顶端，科学家断定，这是风滚草为了支撑枝条持续生长，又要时刻准备折断所做的自我调整

为了实现自己的目标，风滚草努力超越束缚，时刻准备折断。而现实生活中的我们，又有多少人能一直坚持改变自己、超越自我呢？

茶境

——叶大春

说茶，免不了要与酒比较。酒醉人，茶不醉人。酒误事，茶不误事。酒熏人，茶不熏人。

酒难成圣，茶能成圣。陆羽写了世界第一部《茶经》成了“茶圣”，没听说过古今中外谁写过《酒经》，只听说有酒神酒仙之称，还没听说过酒圣之誉

当然，酒比茶容易营造热烈欢乐的气氛，无怪乎上至国宴，下至朋友小聚，都让酒唱主角，而让茶演配角。每逢盛宴喜宴，只闻祝酒词祝酒歌，不听祝茶词祝茶歌。茶甘于寂寞，乐于做酒前饭后的点缀。茶永远不会像酒那样燃烧起人们的心中烈焰，掀动起人们的胸中狂涛，让人们飞盏滥觞，手舞足蹈，物我两忘，喜忧两忘，荣辱两忘，茶会让人宁静淡泊，越喝越成熟清醒，越品越有韵味雅兴。

若拿人来比喻，酒是初出茅庐风风火火的小伙子，茶是饱经风霜洞察事态的老翁；若拿文比，酒是抒情诗，茶是小品文；酒是狂想曲，茶是小夜曲；若拿太阳比，酒是炎炎夏日，茶是暖暖冬日；若拿风比，酒是狂

飙，茶是微风；若拿水比，酒是海浪，茶是溪流。由此可悟出，为什么青年爱酒，而老年喜茶，青年喜欢赌酒逞能，祝酒贺喜，把酒邀月问天，借酒浇愁泄怒，而老年则嗜好清茶待客，品茗谈心，把茶冷眼看红尘，借茶静心度春秋。这就是酒趣与茶趣的区别，酒境与茶境的异处。

“朋友来了有好酒”。好茶也能待朋友。南来北往的朋友来了，我以茶待客，既经济实惠又清静、好谈话，别有风味，茶坊比酒馆安静，茶也比酒淡雅，在水甜茶香中，彼此心扉好打开。古训“君子之交淡如水”，我寻思指的是茶水。酒易交友，茶更能交友。世上喝茶人一定比喝酒人多，这就决定了茶比酒易交朋友。比如不沾酒的女人、和尚、老人、病人，以茶待之，就能搭起心桥，交流感情。

品茶可修心养性，过滤心境。为什么那么多高僧名儒喜品茶，奥妙就在此。品茶到了一定的境界，可使人拂去浮躁狂嚣贪婪嫉妒等杂念，渐渐变得心胸开阔，光明磊落，不卑不亢，荣辱不惊，顺境不狂，逆境不馁，世事练达，人情洞悉。世人可像品茶一样有滋有味不急不躁地品尝生活，品尝时代。

制造神秘

——佚名

经常看见有这样一种现象：一个人抬头看天，不一会儿，他的身边就站了很多人，都抬头看天，还惊诧地问他："看什么？"其实天上什么也没有，就因为那人久久地看着天上，给了人一种神秘感，才引来一大群人都抬头看天。这是神秘引来的从众心理。聪明的商家也把这种能够引起从众心理的神秘用在了推销中。

上个世纪中期，澳大利亚南部有一个叫巴斯特尔的小城，全城不足十万人口，但却有着几百年深厚的酒文化根基。全世界的酒业主都到这里推销他们的产品，而一种新酒，要想在这座城市独领风骚谈何容易！

有一天，巴斯特尔最豪华的科拉克里酒楼来了一群客人。这些客人都显得很尊贵，他们叫了一桌澳大利亚最精致的菜肴。这桌菜肴，据粗略估计，是十个澳大利亚平民一生的花销。酒店老板想他们一定得享受本酒店最高级的美酒了，于是搬出路易十三、葛特尔蒙等数十种名酒让客人们挑选。但客人们只粗看了一眼，就问："有索古尔干红吗？"酒店老板听得一头雾水。他从未听说过有这种酒呀！于是，他派员工搜遍全城各大酒店，都没有这种索古尔酒。更令酒店老板没想到的是，那桌客人见没有找到索古尔干红，竟连那桌已付费的菜肴都不吃了，扫兴而去。

这事儿一时闹得全城轰动。人们纷纷猜测，索古尔是一种什么样的酒呢？要知道，客人们叫的是一桌全澳大利亚最昂贵的菜肴啊！索古尔，一时就成了家喻户晓的名字。没多久，索古尔干红在巴斯特尔出现了，立即被期盼已久的巴斯特尔人抢购一空。

有一天，索古尔酒的制造商来到了巴斯特尔城。人们惊奇地发现，他就是那位在科拉克里酒楼因没有索古尔干红而弃下一桌名贵菜肴的客人。

聪明的制造商正是利用人们的好奇心理，在巴斯特尔这个酒城，做了一次成功的推销广告，打响了它的牌子。后来，索古尔酒在全澳洲长盛不衰，也与这次奇特的推销术有关。

自古商场如战场，多一份智慧、多一份谋略就多一份胜算。尤其在推销行业中，战略战术可谓千变万化，就看你如何去把握，如何去运用。

贪与贫

——曼联

纽约有许多无家可归的流浪汉，为了三餐，沦为乞丐。近来，大概是觉得中国人较有善心，常见到有几位衣衫褴褛的白种人，默默地长跪在中国城的街头，胸前挂着一块牌子，用中文写着他是一个无家无业无钱的人，期待大家的施舍。

由于每天在曼哈顿都会看到许多行乞的人，纽约客纵有爱心，久而久之，也变得无力去一一察看哪一位是真的窘迫到需要济助。

一个冬日的下午，我经过路边一个在寒风中瑟缩发抖、默默长跪的乞丐，走到离他几步路遥远的报摊，要购买一份杂志。我拿了我要的杂志，掏出五张一元钞票，交到店主的手上。就在这一刹那，猛地刮起一阵冷风，店主的手发抖，兀地一松，其中一张一元钞票即离手飞扬，而我俩的眼睛齐瞪着那张钞票在空中飞扬，落到地上，又随风飘浮，飘到街角乞丐的位置，此时，说也奇怪，风忽然停止，那张钞票竟停留在乞丐的膝盖旁。

这时，店主呀地一声，说："糟了！这下肯定拿不回来了！"我的脑子没反应过来，只是朝着乞丐望着。只见乞丐拿起了膝前的钞票，跟着起身，一步一步向我们走近。他一言不发，伸出满是污垢的手，将那张钞票交还给我。

我脑里回响着店主的话，我诚敬地将钞票又塞回乞丐的手中。他的手迟疑地停顿在半空中。我轻声地说:“这是你的，这是神的意思。”他嗫嚅地说声：“谢谢！”拿着这一块钱，又蹒跚地走回原地，跪在街头。

望着店主讶异的眼神，我从口袋里掏出另一张一元钞票，补给店主：“他是个好人！”店主紧紧握着失而复得的钱，说：“你也是个好人！”我笑了笑，冬日微弱的阳光，照在我身上，也照在乞丐的身上。

“贫”和“贪”，这两个字看起来很像，意义却迥然不同。

把简单的事情做好

——郝斌生

美国证券业界风云人物苏珊，曾立志一生在音乐的天地里驰骋，但却阴差阳错地考进了大学的工商管理专业。尽管不喜欢，但她学得很认真，最后拿到了经济管理专业的博士学位。曾有人问她，你不喜欢的专业，为什么学得那样棒？不喜欢眼下的工作，为何又做得那么优秀？她平静地回答：“因为我在这个位置上。”

因为在这个位置上，就要学得认真、干得踏实。

现实生活中，许多人因为种种原因被安排到并不十分喜欢的“小”岗位，从事并不爱好的“简单”工作，但又一时无法更改，就抱怨、牢骚、消极怠工，对待工作磨、混、推、躲，是司机懒得出车，是电工懒得抄表，是清洁工不拿扫帚，是园丁不浇花草，是门卫对外来人员不询问，是锅炉工烧不沸水，是收发员送错了报

其实，在社会生活中，往往“不重要”的岗位与老百姓的日常生活联系更密切。一个灯泡安不上，满屋就得不到照明；一颗螺丝拧不紧，整台机器就不能正常运转。因此，每一个职场中都应当倡导一种职业精神，追

求一种职业道德，用一丝不苟的态度做好岗位工作。

有些人只想当老板，不愿当员工；只想当导演，不愿拉幕布；只看到人家光荣的瞬间，没看到人家长久的奋斗。这种人只有梦想没有实干，只图享受不愿流汗。岂不知，“天下大事必做于细”，把简单的事情做好了就是不简单，把平凡的事情做好了就是不平凡。系鞋带，这个简单得不能再简单的事情，却被重庆一个叫罗永强的商场营业员，做出了绝活：他能用普通的彩色鞋带，通过编、绕、搭、系等手法，来完成各种各样生动的立体造型，从而为平淡普通的帆布鞋赋予了独特、时尚的气息。据说，因为这项绝活，来商场买东西的人特别多，他一个人每个月能为商场多带来二十万元的销售额。

伴随着人类的进步和发展，我们的身边不断出现新的职业、新的岗位。但每一个人所从事的职业并非就是最喜欢或最理想的。很多人往往无法改变自己在工作和生活中的位置，但完全可以改变其对所处位置环境的态度和方式，须知，一个人的工作态度折射着人生态度，而人生态度又决定着人生的成就。

一个人倘若一辈子也没有瞧得起自己的岗位，没有认真对待过自己哪怕是十分“卑微”的职业，没有几次如同一根火柴一样地燃烧发光，岂非憾事？

一只巴掌拍响人生

敲门

——贾平凹

人问我最怕什么？回答：敲门声。在这个城里我搬动了五次家，每次就那么一室一厅或两室一厅的单元，门终日都被敲打如鼓。每个春节，我去郊县的集市上买门神，将秦琼敬德左右贴了，二位英雄能挡得住鬼，却拦不住人的，来人的敲打竟也将秦琼的铠甲敲烂。敲门者一般有规律，先几下文明礼貌，等不开门，节奏就紧起来，越敲越重，似乎不耐烦了，以至于最后“咚”地用脚一踢。如今的来访者，谦恭是要你满足他的要求，若不得意，就是传圣旨的宦官或是有搜查令的警察了。可怜做我家门的木头的那棵树，前世是小媳妇，还是公堂前的受挞人，罪孽深重。

我曾经是有敲声就开门的，一边从书房跑出来，一边喊：来了来了！来的却都是莫名其妙的角色，几乎干什么的都有，而一律是来为难我的事，我便没完没了地陪他们，我感觉我的头发就这么一根根地白了。以后，没有预约的我坚决不开门，但敲打声使我无法读书和写作，只有等待着他们的走开。贼也是这么敲门的，敲过没有反应就要撬门而入，但我是不怕贼的，贼要偷钱财，我没钱财，贼是不偷时间的，而来偷我时间的人却锲而不舍，连续敲打，我便由极度的反感转为欣赏：看你能敲多久？门终于是不敲了。可过一会儿，敲声又起，才知敲者并没有走，他的停歇或许是敲累了，或许以为我刚才在睡觉或上厕所，为此敲敲停停，停停敲敲，相信我在家中，非敲开不可。我只有在家不敢作声，越是不敢作声，喉咙越发痒想咳嗽，小便也憋起来，我恨我成了一名逃犯。

狡兔三窟，我想，我还不如只兔子。这么大的城里，广厦千万间，怎么就没有一个别处的秘密房子，让我安静睡一觉和读书写作呢？我当然不敢奢想有深宅大院，有门子在前可以挡驾，有那么一小间放张桌子和小床即可，但我不能。以致于我在任何地方去上厕所，都设想有这么个地方，把蹲坑填了，封了天窗，也蛮好嘛。我的房间从来是一室一厅或二室一厅，前无院子，后无后门，什么人寻我，都是瓮中捉鳖。

事实是，我并不是个不需要朋友的人，读书写作之余，我也要约三朋四友来喝酒呀，谈天呀，博弈搓麻将。但往往是想念的朋友不来，来的都是不想见的人。我曾坚持不开门，挡住了几次我的从老家来的亲戚，他们是忙人，敲几下以为我不在家就走了，过后令我捶胸顿足。我挡不住的是那些要我写条幅去送他的上级的人，是那些有什么堂会让我去捧场的人，或是他们什么事也没有，顺脚过来要解闷的，他们有的是闲功夫，上午来敲不开门，下午又来敲，今日敲不开明日再来敲，或许就蹲在门外和楼下。他们是猎人，守在那里须等小兽出来。

明代的陈继儒说过：闭户即是深山，闭户哪里又能是深山呢？

或说，那是你红火啊。可我并不红火，红火能住这么小的房子吗？如果我是官人家，客来又有重礼，所求之事谈完即走，走时还得说：不打扰了，您老辛苦，需要休息。找我的双手空空，只吸我的烟，喝我的茶。如果我是歌星影星，从事的就是热闹工作，可我热闹了能写出什么文章？又是读陈继儒的小品，陈先生恐怕在世时也多骚扰，曾想去作隐者，但他说："隐者多躬耕，余筋骨薄，一不能；多弋钓，余禁杀，二不能；多有二顷田，八百桑，余贫瘠，三不能；多酌水带素，余不耐苦饥，四不能。"我同陈继儒一样，我可能者，也是"唯嘿处淡饭著述而已"。但淡饭几十年一贯，著述也只是为了生计和爱好，嘿处竟如此不能啊！想想从事写作以来，过几年就受冲击，时时备受诽谤，命运之门常被敲打，灵魂何时有过安妥？而家居之门也被这般敲打不绝，真是声声惊心。小儿发愿，愿明月长圆，终日如昼，我却盼永远是在夜里，夜里又要落雪下雨，使门永不被敲打。

但这怎么可能呢？我还要活的，我还有豪华的志向，还有上养老下哺小，红尘更深，我的门恐怕还是不停地被人敲打。我的命就是永远被人敲门，我的门就是被人敲的命吧。有一日我要死了，墓碑上是可以这样写的：这个人终于被敲死了！

一只巴掌拍响人生

——崔鹤同

她是一个黑人女孩。

她从小就“与众不同”，因为小儿麻痹症。她的左腿瘫痪，只能病卧在床，失去了儿童应有的欢乐和幸福。随着年龄的增长，她的忧郁和自卑感也与日俱增，她甚至拒绝所有人的靠近。但也有个例外，邻居家那个只有一只胳膊的老人成了她的好伙伴。老人非常乐观，她非常喜欢听老人讲的故事。

一天，她被老人用轮椅推着去附近的一所幼儿园，操场上孩子们动听的歌声吸引了他们。

当一首歌唱完，老人说：“我们为他们鼓掌吧！”她吃惊地看着老人，问道：“我的胳膊动不了，你只有一只胳膊，怎么鼓掌啊？”

老人对她笑了笑，解开衬衣扣子，露出胸膛，用手掌拍起了胸膛
那是一个初春，风中还有几分寒意，但她却突然感觉自己的身体里涌动起一股暖流。老人对她笑了笑：“只要努力，一只巴掌一样可以拍响。你一样能站起来的！”

那天晚上，女孩给父亲写了一张纸条，贴到了墙上，上面是这样的一行字：一只巴掌也能拍响。那之后，她开始配合医生做运动。九岁那年，父母不在时，她自己扔开金属架，试着走路。蜕变的痛苦是痛及筋骨的。她坚持着，她相信自己能够像其他孩子一样行走，奔跑

十一岁时，她终于扔掉支架。她又向另一个更高的目标努力，她开始锻炼打篮球和田径运动。1960年，罗马奥运会女子一百米跑决赛，当她从十一秒十八第一个撞线后，掌声雷动，人们都站起来为她喝彩，齐声欢呼这个美国黑人的名字，威尔玛·鲁道夫成为当时世界上跑得最快的女飞人，她共摘取了三枚金牌，也是第一个黑人奥运会女子百米冠军。

一位名人说过："我们的缺陷对我们有意外的帮助。"或许我们在某些方面有些先天不足，但只要心志没有缺损，就会锲而不舍，愈挫愈奋，用一只巴掌拍响人生。

同是一块泥土

——董保纲

我常常想起，十几年前我即将高中毕业的时候，班主任李老师给我们上的那一堂别开生面的课。

那时，临近高考的我们，整天如同一张弓，始终绷紧着弓弦，有几位同学因此常常失眠。一天下午，是班主任李老师的课，本来应该总复习的，其他科目在总复习阶段都是下发大量的习题，强化训练。然而那次，李老师却没有这样做，而是提着一个塑料袋走进了教室。

李老师说，今天是总复习，我们不做习题了，大家放松一下，聊聊天吧。说着，他从塑料袋里掏一件东西，摸索了半天，拿出来，原来是一块泥土，一块潮湿的泥土。李老师自己先笑了说，我费了半天劲才从河边挖来一块泥土。我们看着那块普通的泥土，不知道老师想干些什么。

李老师说，大家谁能告诉我，这块泥土值多少钱？我们哄然一笑。一块普通的泥土值什么钱呢？李老师又说，是的，这块泥土太普通了，不值钱，但是我这里还有一块泥土。说着他又从塑料袋里掏出一样东西，放在讲桌上。我们看到那是一块用泥土烧制的红色的方砖。老师说，这块泥土值多少钱呢？我们知道，在当时那样的一块砖大概值一毛钱的样子。于是有同学告诉老师，它值一毛钱。老师放下砖，又从塑料袋里掏出一样东西，这次却是一件工艺品，那是一只奋力前行的耕牛。老师说，这是一件泥塑工艺品，这是我从朋友那里借来的，它的价格我来告诉大家，它值两千人民币。哇！这个数字引起我们一片惊呼，因为在当时，两千块钱确实是不小的数目。

停顿了一会儿，李老师说道：同学们，你们就要参加高考了，高考是一座桥，有些人也许会顺利地走到桥的那一边，有些同学也许会落在桥的这一边。不过，我想说的是，不管你走过桥或者走不过桥，你们都应该明白，现在的你们只是一块泥土，一块普通的泥土。你们的将来可能是一块砖，也可能是一件价值不菲的工艺品，当然也可能还是一块普通的泥土。重要的是，不管怎样，只要你努力，只要你付出劳动和智慧，任何时候都不自暴自弃、停滞不前，那么，你绝对会使自己不断升值。老师的话，给我们许多宽慰。那摆在讲桌上的三件东西，更是给我们留下了深刻的印象。

多年以后，我们高中同学举行聚会时，大家提到最多的就是李老师的这堂课，这堂课嵌在我们的心灵深处，每每回味、思索起来，顿觉意蕴深远。

是的，我们都是一块泥土。经过岁月的风吹过，岁月的雨淋过，岁月的手捏过，我们变得千姿百态。在摔打中我们变得坚韧，在烘烤中我们变得刚强，在描绘中我们变得美丽

表白的快意

——冯骥才

在世事的喧嚣和纷扰中，我们常常忘掉自己的心灵。也许现代社会太多的艰难也太多的诱惑，太多的障碍也太多的机遇，太多的失落也太多的可能，我们被拥塞其间，不得喘息；那些功名利禄、荣辱得失、是非利害，都是牵动我们的绳子。就这样，终日浑浑噩噩或兴致勃勃地忙碌不停，哪里还会顾及无形地存在于我们体内的那个心灵？

每个人都有两个自己：一个是外在的、社会性的、变了形的；一个是内在的、本质的、真实的自己，就是心灵。两个自己需要交谈，如果隔绝太久，日久天长，最后剩下的只是一个在地球上跑来跑去、被社会所异化的自己。

这心灵隐藏在我们生命的深处。它是我们生命的核儿。一旦面对它，就会感到这原是一片易感的、深情的、灵性而幽阔的世界，这才是我们个人所独有的世界。在这里，一切社会经历都化为人生经历，一切逝去如烟的往事却记忆犹新、依然活着，一切苦乐悲欢都化为刻骨铭心的诗　而那些难言之隐也都在这里完好保存着、珍藏着、密封着。

守着自己，便保护自我的完整；守着自己的秘密，便保存一份自享的生命内容。心灵是躲避世间风雨的伞，是洗刷自己和使灵魂轻装的忏悔室，是重温人生的唯一空间，是自己的梦之乡

然而，它也要说话。受不住永远的封闭，永远的自知、自解、自我安慰，它要撞开围栏，把这个“真实的本质的自己”坦露给世界；或者打开一条缝隙，透露出紧锁其间、幽闭太久的风景；或者切盼一位闯入者，让心灵自己经受一次充满生气的风暴

心灵渴望表白——

人类艺术由此而起源。这也是真正的艺术创作充溢着快感的缘故。倘若艺术拒绝心灵的表白，不仅它缺少冲击力，创作过程便成了一种乏味的受难。

艺术创作是一种生命转换的过程，即把最深刻的生命——心灵，有姿有态、活脱脱地呈现出来。这过程是宣泄，是倾诉，是絮语，是呼喊，又是多么快意的创造！所以我说：

“对于一个艺术家来说，最重要的不是存在的方式，而是他的生命方式。”

让心灵一任自然，艺术便获得生命。

多一点欣赏

——亦夫

历史上凡是成就一番大业者，多是心地坦荡、襟怀坦白之人。现实生活中，一个人是不是胸怀宽阔，很重要的一点就是看他是否欣赏他人，又是如何欣赏别人。一个人如果视同道是冤家，看他人一无是处，“他是伤疤我是花”，最终自己也将难有大的作为。只有学会欣赏别人，才能为自己的发展提供“雨丝鱼儿出，风轻燕子斜”般和谐的人际环境。

欣赏他人，是一种真本相，一种高境界。在这方面，名人的作为就是一面明镜，一根标尺。一年秋天，屠格涅夫在打猎时，无意间捡到一本皱巴巴的《现代人》杂志。他随手翻了几页，竟被一篇题为《童年》的小说所吸引。作者是一个初出茅庐的无名小辈，但屠格涅夫却十分欣赏，他四处打听，几经周折，找到了作者的姑母，表达了他对作者的肯定与欣赏：“这位青年人如果能继续写下去，他的前途一定不可限量！”作者收到姑母的信后欣喜若狂，他本是因为生活苦闷而信笔涂鸦写小说的，由于名作家屠格涅夫的欣赏，竟一下子点燃了创作的火焰，找回了自信和人生目标，于是一发而不可收地写了下去，最终成为具有国际声誉和世界意义的

艺术家和思想家。他就是伟大的列夫·托尔斯泰。

欣赏他人，需要具有一种宽广的胸襟和一种无私的勇气，也可能是一种超然的智慧和一种普渡的艺术。欣赏他人，可以是出自爱才之心、容才之量，也可以是助人之难、解人之惑。有的时候，这种欣赏会在不知不觉中改变他人的命运。

现实生活中，人人都渴望得到欣赏。林肯有一次在信里说:“每一个人都喜欢人家的赞美。”威廉·詹姆斯则说:“人性中最深切的心理动机，是被人赏识的渴望。”如果一个人能由衷地欣赏别人，主动关心帮助别人，就会得到别人的欣赏，就会得到别人的关怀，自然也就会感到幸福，这便如同一个人经过不断努力，为社会做出了贡献，得到社会的认可和尊重一样。在此过程中，因欣赏他人而换取的收获，远比那些在牌楼碑塔上徒受日晒雨淋的哑口无声的颂文重要。可见，多一点欣赏，少一点挑剔，于人于己都是至关重要的。

道歉，没有迟到

——流沙

我一直在想一个问题，宋时秦桧害死了岳飞，几百年后，他们的后人会不会还有冤仇？或者说，秦桧的后人，心中会不会有负罪感？

我来讲一个故事。

我知道秦桧的夫人王氏，有一支余脉散落在杭州乡下，蜗居在山坳里，他们的族谱上，仍然可以追溯到宋时的历史。解放前，这个村有一个节气，所有人要吃素。这个节气是农历十二月二十九，也就是除夕的前一天。

后来有人查阅了历史，发现这个日子，竟然就是岳飞处死的日子。

当然，几百年后，这些农民并不知道自己就是王氏的后人，但这个传统的存在，印证了这个家族有一种遗传密码。

前些天，我看了一则故事。今年六月，三十七岁的英国人安德鲁·霍金斯来到了非洲冈比亚，参加了当地举办的贩奴纪念集会，在这个集会上，安德鲁向参加集会的非洲人跪下了。

安德鲁为何要跪下？

原来，四百四十年前，也就是1562年，安德鲁的祖先约翰·霍金斯曾经干起武装贩卖奴隶的事。

冈比亚人早已不知道他是谁，他的祖先又是谁？但是对安德鲁来说，他祖先犯下的罪恶，让他痛苦不堪，他必须要用这种方式来减轻自己的道义上的痛苦。

这种道歉是善意而真诚的，而且在人格上非常伟大。安德鲁的道歉，没有人会想到他的血液里还有“罪恶”。相反，他是一个纯净的人，有道德耻辱感的人。

道歉是永远不会迟到的。它更能显示人内心里的良知。像安德鲁这样的道歉，是一种道义上的示范。

“你很漂亮”

——张丽钧

在新疆的高昌故城，我们的参观团遇到了一群推销小铃铛的小姑娘。

小姑娘都是六七岁的年龄，个个都那么漂亮，大眼睛忽闪着，浓密的睫毛让人生出检验一下真伪的欲望。我买了一个小女孩的铃铛，其他的孩子立刻“嗡”地围过来，强行将她们的铃铛往我手里塞。我说我要不了那么多，她们却一定让我要。我十分无奈，只好将包里的口香糖送给了一个黏我最紧的女孩。女孩接过口香糖，用不流利的汉语一字一顿地对我说：“你很漂亮！”我听了很吃惊，没料到她会说出这样的话来。我弯下腰，抚摩着她满头的小辫子说：“你才漂亮。”

小姑娘们继续跟着我们的团队走。拿到口香糖的女孩不停地朝同伴炫耀着，可当同伴向她伸手讨要时，她却把攥着口香糖的手藏到了背后。小姑娘们跟定了我们团里的女士，一副不达目的决不罢休的样子。为了甩掉这尾巴，我示意姐妹们送她们一点小食品，于是，大家纷纷拿出了话梅、巧克力，我发现，不论哪个小姑娘，只要一接到礼物，一定会对施舍者说一句：“你很漂亮！”最后统计，我们团里所有的女士无一例外地统统收到了这样一句恭维语。

在接下来几天的时间里，“你很漂亮”成了我们团的一句流行语。有人给你递了一瓶水，你要说“你很漂亮”；有人给你开了一下门，你要说“你很漂亮”；有位先生，尽职地为“唱山歌”的女士们站岗，最后博得众姐妹异口同声的一句赞美：“你很漂亮”，那位先生苦笑着，说：“这真是世界上最恶俗的一句赞美语。”

我不知道是谁教会了小姑娘们这句汉语，也不知道小姑娘们在说这句话时是否懂得它真正的含义，我只是觉得满心不舒服，为了这个被贱卖的句子，为了孩子过于讨巧的嘴巴。

我想，贫穷对人心和人性的扭曲是多么叫人惊骇。正义的丧失，良知的泯灭，所有这些“疾患”当中，都可寻到“贫穷”的病菌。这些“硬伤害”足以让人悲伤叹惜，而常被我们忽略了的“软伤害”更是惹得人泫然泪下。为了使自己的口腹之欲得到暂时的满足，可以放弃尊严；一旦自己卑微的愿望得以实现，可以违心献媚。在这样小小的年纪，这些孩子却要苦苦修炼功利猾黠，心口不一，为的是在苦寒的生活当中为自己赚取一点点的甜味。

“你很漂亮”，我不要这句刺耳锥心的恭维语，我只要一个六七岁的女童本真、率直甚至略带一点刁蛮地望着我，用属于自己的声音，和我对话。

英国登山运动员约瑟攀登过阿尔卑斯山主峰。但不幸的是，他所加入的这支野外登山者队伍并无实践的经验，在向主峰发起冲锋的时候，遭遇了暴风雪和局部雪崩。同行的七人中六人遇难，唯有约瑟活了下来。

这事发生在二十一年前。从此，约瑟就从来没有登过阿尔卑斯山。

约瑟现在接受了英国一家登山爱好者的邀请，让他讲述当年那段记忆。约瑟讲得很从容。当谈到在冰峰上如何自救时，约瑟说："伙计们，发生危险时，你们什么也不要做，只要把眼睛闭上就行了。"

所有的队员哄堂大笑。

而约瑟却一本正经地说："真的，只需把眼睛闭上，站在原地，祈祷吧。"

约瑟说，也许你们不相信，当年七人遇暴风雪时，我们一起下撤，当走到半山腰时，应该是安全了。但山上的雪崩发生了。雪崩铺天盖地而来，我们已无法可逃。我闭上了眼睛，站在原地。我想自己肯定会死，我开始祈祷。但最后什么也没有发生，雪只盖住了我的上半身。但是，我的朋友却全死了。他们并不是被雪埋没的，而是死于缺氧。当雪崩发生时，他们往山下狂奔，他们所带的氧气很快被消耗殆尽。

约瑟说到这里，所有的队员都愣住了。

约瑟说："逃生是人的本能，当恐惧降临时，我们常常会忘记常识，忘记最基本的生存办法。今天，我就要给你们一个忠告，当你们攀上高山时，你们需要牢记常识，当一切无法抗拒时，你们请闭上眼睛祈祷吧。"

其实人生也是一场攀登，什么都会发生。许多事情是你血肉之躯无法承受的。与其无望的争斗，不如闭上眼睛，静待事情最后的结果。这其实也是一种人生态度。

人心比钱贵

——姜钦峰

去年八月中旬，我去亚马孙河流域进行科学考察。途中乘船经过哈苏里奥克土著部落，我们便打算了解一下那里的风土人情。中午时分，我们把船停在河中间，准备吃饭。我突然发现一家土著人房后有一棵大树，样子十分奇特，我以前从没见过。问船上的人，大家也都不知道树的名字。

岸边有个中年土著妇女正在洗衣服，一个小女孩在旁边玩耍，估计是她的女儿。小女孩六七岁的样子，皮肤黝黑，光着膀子，清晰的肋骨显示出她的营养不良。我请随行的翻译帮忙，他便用土著语高声询问妇女，房后的大树叫什么名字。

妇女显然听到了翻译的话，她停下手中的活，抬头看了看我们，然后转身进屋去了。

过了一会儿，她从屋里拿出一个小塑料袋，交给小女孩。她对小女孩比划着，用手指着塑料袋，又指指我们。然后，小女孩跳进水里，左手托着塑料袋举过头顶，右手奋力地划水，向我们的船游过来。

她是过来索取小费的！我立刻反应过来。因为据我了解，当地有这样的传统——别人为你提供了帮助或服务，你就应该付小费。入乡随俗吧，我赶紧准备好零钱。

看着小女孩向我们游来，我开始担心她的安全，心中暗自责怪那个狠心的母亲——仅仅为了一点小费，却让这么小的孩子冒险涉水，值得吗？好在小女孩顺利地游过来了。她扶着我们的船沿儿，举着手中的塑料袋望着我们，小脸蛋儿已经涨红。我急忙接过塑料袋，将小费递了过去，谁知她摇摇头便转身游回去了。

塑料袋里装了一张小纸条，上面写着一行字，我看不懂，便把它交给翻译。

原来纸条上写着：我们母女是哑巴，不能说话。我让孩子送来树名——大科里亚树。

刹那间，我被母女俩的行为深深地感动了，拿着零钱的手在不停地颤抖。淳朴的土著人用自己的行动告诉我们——在与陌生人的交往中，比金钱更珍贵的是真诚和友爱。

风格

——刘齐

装潢公司的设计师喜欢胸有成竹地问顾客：“您要什么风格？”

每逢有人这么发问，我就比较紧张。风格，多么的高雅！用到我身上合适吗？我一个老百姓，有一套不漏风的房子已经不错了，还要什么风格？如果非要说风格，那我的风格就是与群众打成一片。

“但您还是得要一个风格。”设计师赵先生是个锲而不舍的人，见我眼睛发直，便循循善诱地说：“您来个古希腊的怎么样？再不德国的也成，或者法兰西？意大利？北欧风情？南欧格调？”

我可怜巴巴地说：“我一个土包子，也没去过欧洲啊。”

赵先生笑了：“所以我才建议您弄个欧式的，弄完坐下来一撒目，嘿！整个一个人在欧洲的感觉，飞机票都省下了。缺啥想啥，是咱人类的本性。农村大炕的布局最省事，给您来一个您干吗？”

赵先生西装革履，精神头挺足，只是袖口油污，气质庸俗，也不像去过欧洲的样子。当然，信息时代，大家多是间接获得知识，没吃过肥猪肉，还没见过肥猪跑？他虽不洋气，但天天读一段欧洲的装潢学，也不是没有可能。人不可貌相，那袖口没准儿就是看书蹭脏的。

见我默默无语，莫衷一是，赵设计师热情不减地说：“这样吧，我先给您出个图，您看合适了咱再装修，不合适我分文不取。”

不久图就出来了，画得挺复杂，又是边圈吊顶，又是壁炉式主题墙，花里胡哨，乱占空间，预算也高得惊人。我挺为难，下意识地搓手。赵先生则大度地说：“您不要没关系，王先生要了，我们决定把他家当样板间，将来欢迎您去光临指导。”

没人提供风格了，只好自己跌跌撞撞往前闯。别想欧洲别想北美，想一想你打算拿屋子干什么，哪一处放床，哪一处放桌子，洗手池多高，你个子多高，把这些想明白比啥都重要。渐渐就弄出现在这么一副格局，虽谈不上时髦，却也舒适实用，挺合自己的口味。朋友来参观，都说你这风格挺好啊，说得我直激动，风格呀风格，我居然也拥有了你。

王先生家也装修完毕。我去了一趟，发现赵设计师在原图基础上又有重大发挥，只见左边是日本的榻榻米，右边是凹凸槽的罗马柱，还有台湾的文化石、街头小饭馆的吧台、老员外后花园的月亮门　　主人得意而谦虚地说：“这叫综合式风格，那什么，还凑合吧？”

心中的钻石

——鲍勃·佰克斯

妈妈的故事我已经听过很多次，简直能一字不错地复述。但是出于尊重，我从不打断她，更何况我喜欢她讲故事的样子。所以每次我都说："哇，真棒！她一定非常爱你。"

"是的，她爱我。"她总会这样告诉我，手里拿着那件东西，微笑着陷入沉思。许久之后，她小心翼翼地将它放回"百宝箱"里，留待以后重温。

还记得我第一次看到它时问道："妈妈，这是什么？"

"哦，那是我的钻石胸针。"她回答。

"妈妈，这只是一枚旧的木衣夹。"我告诉她。

"这是我小时候妈妈送我的礼物。"她微笑着说。

"但是，妈妈，这可算不得什么像样的礼物。"

"她没有多少东西可送。那时候与现在不同，我们没有钱，但是有很多爱来弥补。"她告诉我，"而且，价值不在于东西本身，而在于它所代表的意义。"

"这枚木衣夹有什么价值吗？"我质疑道，"这种衣夹我们家有满满一大袋。”

“价值就在它背后的故事中，”她挨着我坐下来，开始讲故事。

“那是我十三岁生日时。那年日子过得特别艰难，你外婆实在买不起什么礼物。但是她真是有创意，给了我世上最好的礼物，就是那枚钻石胸针。晚饭前，她把一个纸包放在餐桌上我的座位前。我好奇极了，每当她不注意时，我就把它抓到手里，摸一摸，摇一摇，竭力想知道里面包的是什么。晚饭终于吃罢，我打开了包装。说实话，我当时以为妈妈是在开玩笑。包装纸里是一枚木衣夹，上面写着‘钻石’。‘这是什么？’我问道。‘送你的钻石胸针。’她告诉我。和你一样，我对她说：‘这只是枚衣夹。’于是她解释道：‘这不是普通的衣夹，至少对我来说不是。把它别在你的胸口，感受一下它的特别之处。’我拿起它，别在上衣口袋上。我觉得很傻，除此以外没有其他的感觉。”

“‘对所有看到它的人来说，衣夹本身似乎很平常，’你外婆解释道，‘但是真正的价值不在衣夹，而在于佩戴它的人。当我看着你，这衣夹令我想起你内心的钻石。不错，任何人都可以买一枚钻石胸针戴在胸前，人人都会为它的光芒与美丽惊叹，正因为如此，他们只看到钻石的价值，却错过了佩戴它的人的真正价值。我给你的生日礼物，正是你出生那天，你送给我的礼物——你。这枚‘钻石胸针’不过是一个木衣夹，真正的宝石在你的内心。’”

在许多商店里，你都会发现这种普通的木衣夹。买一包，每一枚都写上“钻石”二字，把它们别在你遇见的每一个人身上。告诉他们它的意义，让他们发现“内心的钻石”的价值。

什么样的成就感令人仰望

——王朝明

崂山脚下有个被称为“裸捐富豪”的农民王明殿，十几年来，他已捐出价值百万元以上的钱物，用于修路、植树、帮困济贫、资助沂蒙老区教育，而他一家三口却住着用不到十四平方米集装箱改造的简易房。他经营着四家企业，但个人存款从没超过两万元，因为每当超过两万元，他就取出来捐给那些需要帮助的人。

有人不解他这样做的动力何来，他说：“我能让百十口子人有活干，凭自己的劳动挣饭吃，我还能帮助一些身处困境的人，让七百多个学生安心读书，我觉得非常伟大，非常有价值，也非常快乐和幸福。”

“觉得非常有价值”是让王明殿“把好事做到底”的理性判断和信念支撑。财富有价，爱心无价。王明殿的善行，消耗了他个人有形、有限的物质资产，回馈给社会的却是一笔无形的精神财富、道德财富。这笔财富的价值，不仅在于给困境中的人以温暖，还让人们感受到了道德的光辉和善行的力量；不仅会在受助者的心中永远“保值”，还会在持续不断的爱心传递中得以放大、实现“增值”。

十二年前被王明殿资助过的一名学生，研究生毕业后放弃了留在大城市工作的机会，回到沂蒙老家当了一名教师。如今，他也像王明殿当年帮他那样，资助了两名家境贫困的学生。而在他的带动下，青岛的市民多次发起募捐活动，为沂蒙老区及贵州边远山区的学校和贫困学生捐资捐物，成为城市文明的一道风景。

感到快乐和幸福，在某种意义上说，这是爱与奉献变成自觉、得以持久的重要原因。不唯王明殿，其实所有的爱心奉献者都在默默的“给予”过程中，收获着发自内心的满足和快乐。在一场慈善晚会上，有位屡屡向爱心公益事业慷慨解囊的企业家说：“拥有帮助别人的能力，这本身就值得庆幸和感恩；那么，我们为什么不用好这种能力，去获取更高层次的满足和快乐呢？”

与高尚的成就感相伴的，必然是高尚的幸福感。“给永远比拿更愉快”，高尔基致他儿子信中的这句话，正道出了这种成就感、幸福感的源泉和真谛。

不是所有的成功都担得起“伟大”，也不是所有的事业有成者都能赢得尊敬的目光，而住在集装箱的“裸捐富豪”王明殿，以及其他无数爱心奉献者，他们所追求和拥有的成就感，无疑值得我们深情地仰望。

生命因阅读而精彩

——李洪峰

书籍是思想、文化的结晶。书籍是连接人类过去、现在和未来的桥梁。书籍使我们看到整个过去时代的精髓，看到当今时代一切民族的文明，看到人们对未来时代的美好憧憬和无限期待。

读书的过程，实际上是每个人的心灵同古今中外一切伟大心灵沟通、交流、凝聚、融合的过程。

阅读，就是在接近真理；阅读，就是在汲取智慧；阅读，就是在借鉴经验；阅读，就是在学习方法；阅读，就是在获得知识；阅读，就是在陶冶情操。

理论使人坚定，哲学使人深邃，历史使人明智，科学使人严谨，文学使人灵动，法学使人规范，报刊使人丰富，网络使人敏捷，天文学使人目光远大，地理学使人心胸开阔。

学习不论年龄，贵在一以贯之。“少而好学，如日出之阳。”不管你选择走哪一条路，最要紧的是先要做好准备。你不能赤手空拳地开始你的行程，你必须用知识把自己武装起来。

“壮而好学，如日中之光。”一个深广的心灵总是把兴趣的领域推广到无数事物中去。凡是你不知道的事，都应向人请教。虽然这有失身份，学问却会日渐加深。

“老而好学，如炳烛之明。”活到老，学到老，进步到老。天地者，万物之逆旅；光阴者，百代之过客。一日不嫌少，要珍惜；一生不嫌多，莫虚掷。君子之学，死而后已。

劳动光荣，文化长久。世界因阅读而和谐，文化因阅读而交融，生活因阅读而充实，生命因阅读而精彩！

倒杯不洒

——佚名

1940年，美国出现第一家DQ冰激凌店，发展至今，最具噱头的产品是号称“倒杯不洒”的“暴风雪”。在全球任何一家分店，店员将这个产品送到你手上之前，都会将它整个翻转过来。也许世界上几百种冰激凌都可以做到倒杯不洒，却没有第二家有胆量这样做给你看。这个以胆量赢得市场的冰激凌巨头，从另外一个角度恰巧可以翻译为胆商。

胆商（DQ）是英文Daring Intelligence Quotient的缩写，讲的是人际交往或职业发展中的胆识、胆略与行动力。

说明DQ的重要性，只需要采访一下我们身边的路人甲。

话说路人甲的同窗路人乙如今成了某猎头公司CEO。记者问路人甲，作为同窗，你能不能谈谈对路人乙的印象。“其实当时我们都觉得她有点傻大姐哦。上课抢着发言，抛的都是烂砖，还跑到校长办奔室提议全民灭鼠。最离谱的事发生在毕业前，有个单位来系里招聘，她没有被推荐，就自己跑去酒店打听招聘人员的住处，晚上十点多钟冲到人家住的宾馆毛遂自荐，居然被录用　　”就像许多人看到身边熟悉的人一夜暴发，都会很不解地感叹："没看出有啥超人能力，可那么不靠谱的事儿，居然被他做成了。"

当人们不明白为什么那么多智商超过150的人穷其一生从事的最伟大职业不过是躲在网络后面拍板砖时，"情商"出现了。当人们明白为什么那么多左右逢源的社交高手穷其一生只能做总经理秘书时，"胆商"出现了。

如今，智商、情商、胆商被成功学专家并称为成功三要素，对于中国人来说，胆商往往是最薄弱环节。我们从小就被教育要谦虚低调，要靠谱，决不能天马行空。走出校门才发现，等终于壮大胆子决定去做一件事，如果不是自己已经老了，就是别人已捷足先登。

如果你自认为情商智商都不算太差却总是差了一点运气，其实你所差的是一点胆量。得失心太重，好面子，输不起，越是聪明的人胆子越小，拜托以后学笨点儿，别想那么多。"失败了不过从头再来"，多大个事儿啊。

免费午餐

——佚名

“世上没有免费的午餐”，不过，在人际交往中，有时却也真会被邀进免费的饭局。父亲在世时，曾向我讲述过他年轻时所获得过的一次免费午餐。那时父亲才十七八岁，因为祖父远行，后祖母对他极为吝啬，所以离开了家庭，一个人在社会上闯荡。父亲在那年夏天，以优异成绩被协和医学院录取，这令他万分兴奋，于是筹措入学读书的费用便成了当务之急。他经过一番盘算，决定向一位祖父的老友求助，该人当时在社会上已享有很大的名气，经济状况极佳，并且从小看着他长大。

父亲找到那位名人。该人一见父亲，便感慨万端地说我祖父竟可抛下家小一个人远走高飞！又说我后祖母不像话，祖父寄回的钱居然一个子儿也不给我父亲，书香门第的后裔沦落成了流浪青年！父亲非常感动，原来他很了解情况，并关爱自己，于是便倾诉起自己的具体窘境和祈盼来。这时有电话打来，名人便蔼然可亲地对父亲说，中午有个饭局，无妨一同去，席间可以继续聊。

父亲跟着那位名人，乘坐当时仍颇时髦的弹簧马车到了前门外的“撷英番菜馆”，这是当时显贵名流们才有财力与雅兴去消费的一家最著名的西餐馆。

很多年以后，父亲仍然描述出那一顿高档、丰美、雅致的免费午餐，令我听来也不禁神往。父亲没有详细地向我讲述这顿免费午餐的结局，但有一点那是交代得很清楚的：他没能从那位名流伯伯那里得到另外的帮助。

父亲说：“我讲这件事给你听，要你悟出来的是：别人不给你不欠你！在你一生中，你应该尽量去帮助别人，可是却一定不要有依赖别人的想法！别人可能会向你提供一顿免费午餐，但你自己一生的餐饭事业，还是需要你自己去挣出来的！”

我正琢磨这话，父亲又说：“其实，后来我成家立业以后，也曾无意中这样对待过别人　　我可以请他一餐饭，听他诉苦，给他些安慰，可是，要我付出相当的代价帮助他，往往还是下不了决心　　也许，除了是你那时不帮他他马上就活不下去，人与人之间，还是这样为好——可以给一顿免费午餐，却还是希望每个人自己想办法，去安身立命！”

父亲作古快二十年了。我的人生途程中已积累了不少“免费午餐”的经验。在那些场合里，我常常铭心刻骨地意识到，每一个人要真正解决他所面临的生存问题，除了他自己的努力，真正靠得牢把得稳的不是个别他人的帮助，最重要的还是一个好的社会机制，一些好的“游戏规则”（尤其是把公平原则放在第一位的），一套好的社会保障体系，一种好的道德文化氛围。

一篮子金黄的感恩

一篮子金黄的感恩

——古保祥

很多时候，我们无意中种下一枚善意的种子，往往会收获一篮子金黄的感恩。

曾经在很长的时间内，我和父亲都在为生计发愁。

在犹豫了一段时间后，我和父亲决定做客运生意，我们贷了款，买了一辆半旧的中巴车。

每天，我们都往来于郑州与焦作之间。因为我们的车况不好、路途也不熟悉，所以生意很是惨淡，每每到手的客人总是被别的车抢走。但我们从不误钟点，也不讹诈客人，因此，很多人都还愿意坐我们的车。

六月，正是麦收的季节，路两旁铺满了金黄色的麦穗，那些黄，是充满希望的黄，是带着激情的黄。父亲一路小心慢行，因为路上有许多农民在收获他们的希望，我们不能因为自己而无视别人的血汗。

就在这时，后面一辆大客车赶了上来，冲我们直摁喇叭，催我们赶快走，我们尽量向路边靠靠，大客车就风驰电掣般擦着我们的车身冲了过去。

我们不紧不慢地在公路上行驶，突然我看见前面有人在拼命地挥手，一个妇女正抱着一个浑身是血的孩子，拦截过往的车辆，我们立即意识到可能发生了车祸。我们最忌讳的就是车祸，遇到这种事，开车的人一般都是躲开。我示意父亲从旁边开过去，但父亲没有犹豫，他紧急刹车，然后很快地跳下车，跑到妇女面前。

原来，刚才那辆疯狂行驶的大客车，在超车时，带倒了正在路边玩耍的孩子。孩子的情况十分危急。父亲二话没说就让那个妇女上了车，并就近送进了县人民医院。

一个星期以后的一个下午，我们如往常一样行驶在路上，路边仍是满地的金黄，一些农民仍在抢收。

一个妇人正在向我们招手，她的手里是一篮子金黄的麦穗，我们停下时，她把一篮子的麦穗郑重地交给了父亲，对我们说："这些天我一直在等你们，谢谢你们救了我的孩子，我家没有别的值钱的东西，我就装了一篮子长得最饱满的麦穗送给你们，愿你们每天都满车满员，顺顺当当。"

父亲接过那篮子麦穗，眼睛潮潮的，他把麦穗交给了我，嘱咐我收好。我知道，这不只是一篮子饱满的麦穗，更是一篮子满满的祝福，一篮子真心的回报。

很多时候，我们无意中种下一枚善意的种子，往往会收获一篮子金黄的感恩。

父亲做的馅饼

——邓笛

一位父亲遇到了一个难题，他的未成年的孩子们要求看一部“少儿不宜”的电影，因为电影的主演是他们最喜爱的演员，而且看过这部电影的人都说电影拍得很好。电影之所以“少儿不宜”，是因为片中有极少量性和暴力的场面。

但父亲一直都不同意，他甚至并不跟他们摆理由讲道理，而是摇摇头说一个字：“不！”

那天晚上，父亲问孩子们是否愿意尝一尝他制作的馅饼。他说，这些馅饼采用的是他们最喜欢的馅心，另外还添加了一些新的东西。孩子们问添加的是什么东西。父亲出语惊人地答道，他加了只苍蝇。

不过，他很快安慰孩子说这只是一只很小的苍蝇，其他馅心则是绝对新鲜和优质的，并且他在制作过程中将火候和时间也掌握得恰到好处。他再三保证，馅饼的味道一定会好极了，根本不会感到里面有苍蝇的味道。

不管父亲对馅饼怎么赞美，孩子们也不愿意品尝，哪怕是一小口。他们的态度非常坚决，就是父亲说破了天，他们的回答也只有一个字：

“不！”

然后，父亲告诉他的孩子们，对于少儿来说，那些性和暴力的场面就如同馅饼中的苍蝇，无论这些电影由谁主演，也否认不了“苍蝇”的存在。

现在，当孩子们想要做他们不应该做的事情或要看他们不应该看的东西时，父亲就会问他们是否想吃他特制的馅饼　　孩子们伸伸舌头，没有一个再坚持自己的要求了。

善良收获快乐

——廖恒

我第一次涉足“政坛”是在七年级时竞选学生会副主席。现在想来，我都很奇怪当时为什么会有这样的决定。

那时，我是个很害羞的女孩，几乎没有人愿意和我交朋友，我也从不关心别人的事。但是，胆小的我还是决定参加学生会副主席的角逐。我整天为自己的竞选演讲和宣传海报忙这，忙那，但最后我的努力付诸东流，我输给了我的竞争对手。竞选那天，他给现场的同学发了好几百支印有他名字的花花绿绿的铅笔。中学的“政治活动”也给我留下了不愉快的回忆。

虽然这次失败对我的影响很大，可我还是决定高中时再次参加竞选，而且还要采取一定的战术，确保胜出。考虑到父母不会为了我的竞选给我额外的钱来“贿赂”同学，我只能用我的善良来为自己赢得选票。给自己的善良披上了如此功利的外衣后，我觉得每个同学都是可能会给我投票的人，因为我傻傻地认为我就是个善良的人。

带着这样先入为主的思想，我升入了高中。我热情地向每个同学介绍自己，露齿微笑。我主动和同学打招呼，亲切地叫他们的名字。我努力地去记忆与每一个同学有关的细节，比如汤姆的小狗“汪汪”感冒了，露茜全家暑假去法国度假了　这样我就不愁下次和他们聊天时没有话题了。

高二时，我敢说，我们班里每个同学的事我都知道不少。与同学小心翼翼相处一年后，我的付出有了回报。同学们会在走廊里远远地叫我的名字，很多同学都会跟我说知心话，向我倾吐他们心中不为人知的秘密，把我当成最值得信赖的人。

在我的计划顺利进行时，我发现我的动机开始改变，我突然觉得自己已经没有兴趣去竞选学生会主席，来为自己赢得好名望了。我再也不是那个带着极强功利心的貌似善良的女孩。

我已经真的学会了关心同学，关心朋友。关心别人已经成了很自然的行为。当所有同学都用心对我微笑时，那种快乐是无法言语的。用善良的心对待每一个人，就会有无数善良的心来对待你。

只为两天尽情绽放

——马国福

非洲的戈壁滩上干旱炎热，土壤贫瘠，只适合根系庞大的植物，而依米花却除外。

依米花只有一条细长的根茎，必须用五年的时间，才能完成根部对泥土的植入，第六年方才吐蕊。让人惊叹的是，依米花的四个花瓣颜色各不相同，红、黄、蓝、白，煞是娇艳绚丽，而且这种经过漫长积蓄开出的四色小花，花期只有两天，两天过后依米花连花带茎枯萎死亡。

在恶劣的自然环境下倔强生长，经历六年的风霜雪雨，只为两天的尽情绽放——这需要怎样的顽强和耐力？试想茫茫天地，风沙肆虐，动物吞噬，虫子蛀咬，脆弱的依米花一一承受，它细小的茎脉里肯定有火一般的信念在支撑着它：开花，开花，热烈而又坦然地开花！

我们无法藐视一粒种子的沉默和卑微，更不能藐视它一生一次的美丽辉煌。小小的依米花是插在非洲戈壁上的一杆杆猎猎旗帜，是燃烧在我们视野里的盏盏火把。

每个人来到世界之初都是一样的，只是更多的人如同荒原野草，一样的颜色，一样的姿态，一样的高度，把自己抛向庸庸碌碌的一面。有的人却像依米花一样，在命运无常的风云里，不懈抗争，开出自己独特的颜色。不管生命多么艰难，短暂，都无怨无悔，全情投入。

这个世界上，奇花异草并不多，我们能够记住的仅仅是那么一两种草木，敬畏生命的依米花，敬畏一种至高的心灵海拔。

坚硬的心灵

——流沙

路口，小女孩正在出售鲜花，要价十元。小女孩的目标十分明确，一看到年轻男女出现，便直奔而去。但是她却选错了地方，路口的确人多，还有一个专供中年男女跳舞的舞场和一个溜冰场。但中年男女早已没有心情送花，溜冰场内的孩子们也没有钱买花。

所以，这个小女孩就十分可怜。那朵花一直抓在她的手里，没有一个人愿意接受。

按照我的判断，这小女孩的背后肯定有一只看不见的手，她只是那双手的傀儡。若是为人父母，谁舍得让自己的孩子在夜风中卖花。

不会的。从小女孩脸上的麻木和憔悴可以看得出来，她已经很长时间没有过欢笑了。

前一段时间，城里破获了一个特大操纵幼童乞讨案，一批幕后的黑手被斩。我就为自己以前多次慷慨的施舍心存芥蒂，原来我的爱心全部进入了那些人贩子的腰包。

从此我很少会把钱给一个坐在地上行乞的孩子，虽然我同样可怜和同情他们。我认为如果把钱给他们，这会更加助长那些背后的黑手控制他们的欲望。

许多人，都这样看着那些形态各异的乞讨者，他们只是一个工具。那些可怜的孩子面前，总是人来人往，而面前，终其一日，也是空空如也。

我经过溜冰场，那个小女孩奔过来，把花递到我的面前。小女孩的眼睛很大，说："先生，买枝花吧。"

我心里有一种不快，她称我"先生"而不是"叔叔"，这不该是她这种年龄的称呼用语。我紧走几步，避开她。她又跑上几步，跟在后面，央求："买枝花吧。"我叹口气，说："我不买，你还是找别人吧。"

我向前走，但那个女孩儿突然拉住我的衣服，央求道："买一枝吧。"我有些恼了，说："去，去，不是告诉你我不需要吗？"小女孩被我的声音吓住，呆在那里。

我看到不远处一个正在用高压锅爆玉米花的女人把高压锅放在地上，几乎一路小跑地过来。走到小女孩的身边，把小女孩抱起来，慢慢地走回去。我有些惊讶。这个女人就是我所想象的背后的黑手吗。不是，她脸上的怜惜和无奈分明就是一个母亲对孩子的。

我走入楼道的阴影里，回头再看。那个小女孩已经站在煤炉边，伸出小手在煤炉边暖手。那个女人从袋里取出一把玉米花，放在她的小手上

我的内心突然充满了歉疚和不安。这是一对母女，母亲在这里卖玉米花，女儿在卖花。

这个夜晚是令人刻骨铭心的。我曲解了一个人，一个极需要帮助和呵护的孩子。我猛然发现，不知道什么时候，我的心灵竟然会这样的坚硬，坚硬得无法容纳下一朵花。

大树底下好阳光

——陈志宏

有一句古话流传了千百年：大树底下好乘凉。我们苦心孤诣地找到一棵大树之后，乘凉成了唯一的享乐，延伸为生活的第一要义。就在我们躺在大树底下乘凉的时候，宝贵的时光悄然滑过，怡人的人生风景不幸错过，留下岁月的痕迹，空自蹉跎。

李开复费尽千辛万苦出国留洋，考入美国卡内基·梅隆大学，导师是著名科学家罗杰·瑞迪。罗杰·瑞迪是美国总统特别顾问委员会信息委员会成员、“图灵奖”获得者，师从这么一个实力派科学家，成为他的研究生，李开复不可谓不幸运。换句话说，真是找到一棵枝繁叶茂的“大树”啊。他无须出类拔萃，只要混过研究生毕业，打着师从导师罗杰·瑞迪的牌子，那还不是各大公司的“抢手货”？大树底下好乘凉啊。

然而，李开复并没有在大树底下解扣乘凉，合眼安眠，而是在大树的庇荫下，发奋学习，刻苦钻研。他一头扎到计算机语言识别系统的研究当中去，潜心研制，立志有所作为。研究进行到关键处，李开复对导师罗杰·瑞迪的方法产生了怀疑，公然拒绝了这位世界顶尖级计算机大师的指导，决定按照自己的方式行事。他向导师力陈自己的观点，坚定地说："我想这么进行，而不是你所主张的那样。"罗杰·瑞迪说："我不同意你的看法，但我可以支持你。"李开复是幸运的，大树自有不一样的大树风格和气度啊。

李开复按自己的路子走了下去，罗杰·瑞迪一如既往地给他提供最好的机器和最新的资料。有心人，天不负，李开复顺着自己的方式往前走，研究终于有了重大突破，语言系统的识别率从原来的40%提高到了80%。直到今天，全世界所有语言识别的研究都是在他开拓性工作的基础上进行的。

大树底下不仅是好乘凉，更有好阳光。在研究受阻的时候，李开复缘何敢于向世界级顶尖大师叫板？可以肯定的是，大师身上散发着阳光，更重要的，李开复心中有阳光。

我们可以仰仗大树，我们可以依赖荫凉，但是在心中一定要预留一个位置，让阳光照进来，驱逐懒散和消沉，激发斗志和信心。

心中有阳光，人生才透亮。

有一个青年人，他对生活的不满和内心的不平衡一直在折磨着他，觉得自己怀才不遇而又牢骚满腹。夏天有一次他乘同学敏家的渔船出海，才使他一下子茅塞顿开。

敏的父亲是一个老渔民，在海上打鱼打了二十多年，看他那从容不迫的样子，青年人心里十分敬佩。青年人问他：“伯伯，您每天打多少鱼？”他说：“你不知道，孩子，打多少鱼并不是最重要的，关键只要不是空手回来就可以。在小敏上学的时候，为了供他读书，不能不想着多打一点。现在小敏毕业了，又找到了饭碗，我也没有什么奢望打多少了。”

青年人若有所思地看着远处的海，突然想听听老人对海的看法。他说：“海是够伟大的，滋养了那么多生灵　　”老人说：“那么你知道为什么海那么伟大吗？”青年人不敢贸然接茬。老人接着说：“海能装那么多水，关键是因为它位置最低。”

位置最低！是的，不妨放低自己，足踏实地，然后再一步步登攀。正如一位哲人所言，想要达到最高处，必须从最低处开始。（节选）

自己的芳香

——矫友田

有一个年轻人，很想能够做出一番自己的成就来。开始，他也总是尝试着鼓足勇气去做每一件事情。然而，渐渐的他就会对自己失去信心，结果一事无成。因此，他感到很自卑。

后来有一个机会，他去拜访了一位成功的长者。他希望从那位长者那里，获得一些成功的启示。在见面之后，他问了长者这么一个问题：“为什么别人努力的结果总会成功，而我努力的结果却那么糟糕呢？”

听了，那位长者微笑着摇了摇头，尔后，反问了他一个与此无关的问题：“如果，现在我送你‘芳香’两个字，你首先会想到什么呢？”

思忖了一会儿，年轻人回答说：“我会想到糕点，虽然我开办不久的糕点店已在前些日子停止了，但是我仍会想到那些芳香四溢的糕点。”

长者对他点了点头，然后，便带他去拜访一位动物学家朋友。在见面后，长者问了对方一个相同的问题。

动物学家回答道：“这两个字，首先会使我想到眼下正在研究的课题——在大自然界里，有不少奇怪的动物，利用身体散发出来的芳香做诱饵，捕捉食物。”

之后，长者又带他去拜访一位画家朋友，也问了对方这么一个问题。

画家回答道：“这两个字，会使我联想到百花争妍的野外，还有翩翩起舞的少女。芳香，能够给我的创作带来灵感。”

从那位画家朋友家中出来之后，年轻人仍不明白长者的用意。

在返回的途中，长者顺便又带他去拜访了一位久居海外，刚刚回国探亲的富商。在谈话中，长者也问了对方这么一个问题。

那位久居海外的富商动情地说：“这两个字，会使我联想起故乡的土地。故乡土地的芳香，令我梦牵魂绕。”

辞别那位富商之后，长者才问那个年轻人道：“现在，你已经见过不少出色的人物了。那么，他们对‘芳香’的认识与你相同吗？”

年轻人仍不解地摇了摇头。

长者继续问道：“那他们对‘芳香’的认识，有相同的吗？”

年轻人又摇了摇头。

此时，长者笑了，然后意味深长地说：“其实在生活中，每一个人都有与众不同的芳香，你也一样呀，拥有自己的芳香。为什么你现在做的不像别人那么出色呢？那是因为你只是在看别人如何欣赏他们自己的芳香，而你把自己的芳香给忽视了”

价值在于创新

——高兴宇

1987年，美国的两个邮递员科尔曼和施洛特无意中看到一个小孩拿着一种发亮光的荧光棒，这家伙能派上什么用场呢？在胡思乱想中，两个人随手把棒棒糖放在荧光棒顶端。结果，光线穿过半透明的糖果，显现出一种奇幻的效果。这一小小的发现，让两人惊喜不已。他们为此申请了发光棒棒糖专利，还把这专利卖给了开普糖果公司。

奇迹由此开始。两个邮递员继续想：棒棒糖舔起来很费劲，能不能加上一个能自动旋转的小马达？由电池对它进行驱动，这样既省劲又好玩。这种想法很快付诸实施。对他们来说，这种创造太简单了！旋转棒棒糖很快投入市场，并且获得了极大的成功。在最初的六年里，这种售价2.99美元的小商品一共卖出了6000万个！科尔曼和施洛特得到了丰厚的回报。

更大的奇迹还在后面。开普糖果公司的负责人奥舍在一家超市内看到了电动牙刷，虽有许多品牌，但价格都高达五十多美元，因此销售量很小。奥舍灵机一动：为什么不用旋转棒棒糖的技术，用五美元的成本来制造一只电动牙刷呢？

奥舍与科尔曼、施洛特着手进行技术移植，很快，美国市场上最畅销的旋转牙刷诞生了，它甚至要比传统牙刷还好卖。在2000年，三个人组建的小公司卖出了1000万把该种牙刷！这下，宝洁公司坐不住了。相比之下，他们的电动牙刷成本太高了，几乎没有市场竞争力。于是，经过讨价还价，2001年1月，宝洁收购了这家小公司，首付预付款1.65亿美元，三个创始人在未来的三年内留在宝洁公司。过了一年多，宝洁公司便提前结束与奥舍、科尔曼、施洛特三人的合同。因为宝洁公司发现电动牙刷太好卖了，远远超出了他们的预料。借助一家国际超市公司，它已在全球35个国家进行销售。按照这种趋势，宝洁在三年合同期满后付给奥舍三人的钱要远远超出预期。最后经过协商，合同提前中止，奥舍、科尔曼、施洛特一次性拿到了3.1亿美元，加上原来1.65亿美元的预付款，共4.75亿美元。这是一个令人头晕目眩的天文数字，如果用卡车去银行拉这么多现金，恐怕要费上相当一番功夫！

一个人，可以不去奢望那4.75亿美元，但不应该冷落技术创造、灵感创意这些成功的要素。

一句话的分量

——张磊磊

一位表演系的男生刚上大一的时候，内心非常脆弱。有一次，他认为做得比较好的一份作业没有得到老师的认可，一整天情绪都很低落。傍晚他郁闷地躺在宿舍里，突然听见楼下有人叫他，下楼一看竟是自己的老师。原来，这位老师下班后骑自行车回家，走了一半，又想起今天这个学生情绪不好，应该嘱咐他一句，于是他特意折回来对这个学生说："作业的问题并不重要，重要的是，我不希望你因为一点儿挫折而影响了创作的激情！"男生心底里的那份柔弱被聪明的老师觉察到了，并适当地给予了安慰和鼓励，这个男生被深深地感动了，那一刻，他心里重新燃起了对表演的热情！

老师的那句话对一个信心动摇、茫然无助的学生来说是多么及时，多么重要！没有这句话，他也许会不断否定自己，从此消沉下去，也许今生都会与表演绝缘。那句话，像一场及时雨，滋润了一个年轻人的心田，给了即将折损的幼苗一个继续成长的动力！

你看过《结婚十年》和《乔家大院》吗？这个学生就是成长及乔致庸

的扮演者陈建斌！

1994年，陈建斌大学毕业后返回了新疆，第二年，他抱着试一试的心态从新疆坐火车来到北京参加1月份的研究生考试。凑巧的是，陈建斌上本科时的老师恰巧也是姜文的老师。因此，姜文看过他演的话剧。来北京的第一天，姜文就请他吃饭。当时姜文刚拍完《阳光灿烂的日子》，名气正旺，而陈建斌只是新疆话剧团一位来北京考学的演员而已。在这次饭桌上，姜文随口说出的一句话却重重地砸在了他的心灵深处："你挺棒的，别放弃！"

"你挺棒的，别放弃！"对于一个信心不足又努力追求梦想渴望成功的年轻人来说，还有什么比一句肯定和鼓励的话更重要呢？

也许对姜文来说，一顿饭、一句话，再简单不过。但他或许没有想到，这句话对一个当时还默默无闻的地方演员来说却有千钧重！那一刻，他点燃了一个年轻人蓄势待发的表演激情，使他的人生目标变得更加敞亮。一句话，给一颗飘摇的心安上了一个厚实的底座，让黑暗中的航船看到了远处明亮的灯塔。

也许我们没有能力捐出巨款做一位慈善家，也许我们也没有广博的知识传授给那些贫困地区的孩子们，但是，我们每一个人都可以轻松地做一件事，那就是对正处于困境中的人真诚地说一句肯定和鼓励的话。一句话，可以使他们的心灵变得富有！而这对于我们来说，不过启齿之劳。

石头里有只会飞的鹰

——梁衡

雕塑家用一块普通的石头雕了一只鹰，栩栩如生，振翅欲飞。观者无不惊叹，问其技，曰：石头里本来就有一只鹰，我只不过将多余的部分去掉，它就飞起来了。

原子弹爆炸是因为原子核里本来就有原子能；植物发芽，是因为种子里本来就有生命。它不爆炸、不发芽，是因为它有一个多余的外壳，我们去掉它，它就实现了它自己的价值。达尔文本酷爱自然，但父亲一定要他学医，他不遵父命，就成了伟大的生物学家。居里夫人二十五岁时还是一名家庭教师，还差一点当了小财主家的儿媳妇。她勇敢地甩掉这些羁绊，远走巴黎，终于成为一代名人。鲁迅先是选学地质，后又学医，当把这两层都剥去时，一位文学大师就出现了。

每当我看杂技演出时，总不由联想一个问题，人体内到底有多少种潜能。同样是人，你看，我们的腰腿硬得像个木棍，而演员却软得像块面团。因为她只要一个“软”字，把那些无用的附加统统去掉。她就是石头里飞出来的一只鹰。但谁又敢说台下的这么多的观众里，当初就没有一个身软如她的人呢？只是没有人发现，自己也没有敢去想。

法国作家福楼拜说："你要描写一个动作，就要找到那个唯一的动词，你要描写一种形状就要找到唯一的形容词。"那么，你要知道自己的价值，就要找到那个唯一的"我"，记住，一定是"唯一"，余皆不要。好画，是因为舍弃了多余的色彩；好歌，是因为舍弃了多余的音符；好文章，是因为舍弃了多余的废话。一个有魅力的人，是因为他超凡脱俗。超脱了什么？常人视之为宝的，他像灰尘一样地轻轻抹去。

建国后，初授军衔，大家都说该给毛泽东授大元帅。毛说，穿上那身制服太难受，不要。居里夫人得了诺贝尔奖，她将金质奖章送给小女儿在地上玩。爱因斯坦是犹太人的骄傲，以色列开国，想请他当第一任总统，他赶快写信谢绝。他们都去掉了虚荣，舍弃了那些不该干的事，留下了事业，留下了人格。

可惜在现实生活中，我们总是算加法比算减法多，总要把一只鹰一层层地裹在石头里。欲孩子成才，就拼命地补课训练，结果心理逆反，成绩反差；想要快发展，就去搞"大跃进"，结果欲速不达；想建设，就去破坏环境，结果生态失衡，反遭报复。何时我们才能学会以减为加，以静制动呢？

诸葛亮说"宁静致远"。当你学会自己不干扰自己时，你就成功了。老子说"无为而治"。马克思对共产主义社会的解释是"自由人联合体"，连国家机器也将消亡。当社会能省掉一切可以省掉的东西时，这个社会可能就更健康更美好了。

德国的“良心·菜园”

——田园

在德国，有一种随处可见的自助式菜园，名叫“良心菜园”，虽不漂亮，但却美名远扬。细想之下，有以下几点美意。

首先，它无人看守。新鲜的蔬菜，生机勃勃地长在那里，旁边仅有的一块木牌上写着每样东西的价格，木牌下的铁桶便是“自动付款机”。旁边并无秤，买主将打算购买的蔬菜拿起，分量全凭自己的感觉来定。据如此经营了多年的几位“良心菜园”主人讲，他们那里并没有发生过钱物出入太大的情况。另外，在面对“良心菜园”的时候，偶有良心缺失的人也得到了一种良心的提示，而变得有良心起来。这种偶有的良心带给他的愉悦感是不是会就此让他一点点变得有良心起来了呢？从这一点上讲，“良心菜园”的美好价值真是不能低估。

其次，对于那些生活困难，连这点蔬菜钱都拿不出的人来说，他们可以先不失尊严地“暂时借用”，待有能力偿还时再一并还上。看似一个小小的不起眼的举动，却可以给人一种最贴切的帮助。

另外，德国人工费用极高，许多园主觉得专门请人来看守菜园太不

合算，还不如这种自助式的“良心菜园”来得轻松简单，自己省了费用，又给了别人一个休闲的好去处。节假日，或一家人，或呼朋唤友去游玩，途经“良心菜园”，还可以快乐地选购一些新鲜蔬菜。而园主给了别人快乐，自己还有钱赚，岂不是一举两得。

潜意识的力量

——佚名

你有选择的权利。你可以选择健康和幸福。你可以选择友好，也可以选择不友好。友好一些，可爱一些，整个世界也会以同样的方式对待你。

一旦你意识到自己已经拥有一种可以实现所有愿望的能力时，你就会拥有信心和内心的宁静。不管你选择做哪一行，你都需要了解潜意识的运行规则。当你知道如何使用心灵的力量时，当你能够很好地展示自己并且有效地利用自身天赋时，你就已经踏上了通往成功的道路。

如果你正在尝试解决一个问题，试一下客观地面对这个问题，收集所有你能够获得的信息和数据，包括从其他人那里获得的。如果答案还没有出来，在睡前将问题移交给你的潜意识，答案自然就会出现了。

世界上最幸福的人，就是那些不断挖掘自身潜能中最优秀一面并将之施展出来的人。幸福和美德互补。最幸福的人并不仅仅是那些最优秀的人，往往都是能尽最大潜能好好生活的人。

恐惧只是你心里的一个想法，令你感到害怕的只是你自己的思想。将注意力集中到美好的期待上，沉浸在美妙的想象中。这种信念会给你信心，让你振奋。潜意识会帮助你前行，它不会让你失望，你会得到平和与自信。

不要说“我老了”，而要说“生活是神圣的，我是充满智慧的”。相信生命，不要相信死亡。把你自己想象得快乐、成功、平和，焕发着光芒和力量。优雅地接受“年长”，年龄有属于自己的光辉。平和、爱、快乐、美丽、幸福、智慧、善意、理解等优良品质是永远不会变老或死去的。

穷人是个尊贵的名字

读书

——老舍

若是学者才准念书，我就什么也不要说了。大概书不是专为学者预备的；那么，我可要多嘴了。

从我一生下来直到如今，没人盼望我成个学者；我永远喜欢服从多数人的意见。可是我爱念书。

书的种类很多，能和我有交情的可很少。我有决定念什么的全权；自幼儿我就会逃学，愣挨板子也不肯说我爱《三字经》和《百家姓》。对，《三字经》便可以代表一类——这类书，据我看，顶好在判了无期徒刑后去念，反正活着也没多大味儿。这类书可真不少，不知道为什么；也许是犯无期徒刑罪的太多；要不然便是太少——我自己就常想杀些写这类书的人。我可是还没杀过一个，一来是因为——我才明白过来——写这样书的人敢情有好些已经死了，比如写《尚书》的那位李二哥。二来是因为现在还有些人专爱念这类书，我不便得罪人太多了。顶好，我看是不管别人；我不爱念的就不动好了。好在，我爸爸没希望我成个学者。

第二类书也与咱无缘：书上满是公式，没有一个“然而”和“所以”。据说，这类书里藏着打开宇宙秘密的小金钥匙。我倒久想明白点真理，如地是圆的之类；可是这种书别扭，它老瞪着我。书不老老实实的当本书，瞪人干吗呀？我不能受这个气！有一回，一位朋友给我一本《相对论原理》，他说：明白这个就什么都明白了。我下了决心去念这本宝贝书。读了两个“配纸”，我遇上了一个公式。我跟它“相对”了两点多钟！往后边一看，公式还多了去啦！我知道和它们“相对”下去，它们也许不在乎，我还活着不呢？

可是我对这类书，老有点敬意。这类书和第一类有些不同，我看得出。第一类书不是没法懂，而是懂了以后使我更糊涂。以我现在的理解力——比上我七岁的时候，我现在满可以作圣人了——我能明白“人之初，性本善”。明白完了，紧跟着就糊涂了；昨儿个晚上，我还挨了小女儿——玫瑰唇的小天使——一个嘴巴。我知道这个小天使性本不善，她才两岁。第二类书根本就看不懂，可是人家的纸上没印着一句废话；懂不懂的，人家不闹玄虚，它瞪我，或者我是该瞪。我的心这么一软，便把它好好放在书架上；好打好散，别太伤了和气。

这要说到第三类书了。其实这不该算一类；就这么算吧，顺嘴。这类书是这样的：名气挺大，念过的人总不肯说它坏，没念过的人老怪害羞的说将要念。譬如说《元曲》，太炎“先生”的文章，罗马的悲剧，辛克莱的小说，这些书我也都拿起来过，随手便又放下了。我不害羞，永远不说将要念。好些书的广告与威风是很大的，我只能承认那些广告作得不错，谁管它威风不威风呢。

“类”还多着呢，不便再说；有上面的三项也就足所证明我怎样的不高明了。该说读的方法。

怎样读书，在这里，是个自决的问题；我说我的，没勉强谁跟我学。第一，我读书没系统。借着什么，买着什么，遇着什么，就读什么。不懂的放下，使我糊涂的放下，没趣味的放下，不客气。我不能叫书管着我。

第二，读得很快，而不记住。书要都叫我记住，还要书干吗？书应该记住自己。对我，最讨厌的发问是："那个典故是哪儿的呢？""那句话是怎么来着？"我永不回答这样的考问，即使我记得。我又不是印刷机器养的，管你这一套！

读得快，因为我有时候跳过几页去。不合我的意，我就练习跳远。书要是不服气的话，来跳我呀！看侦探小说的时候，我先看最后的几页，省事。

第三，读完一本书，没有批评，谁也不告诉。一告诉就糟："嘿，你读《啼笑因缘》？"要大家都不读《啼笑因缘》，人家写它干吗呢？一批评就糟："尊家这点意见？"我不惹气。读完一本书再打通儿架，不上算。我有我的爱与不爱，存在我自己心里。我爱念什么就念，有什么心得我自己知道，这是种享受，虽然显得自私一点。（节选）

秃顶

——贾平凹

脑袋上的毛如竹鞭乱窜，不是往上长就是往下长，所以秃顶的必然胡须旺。自从新中国的领袖不留胡须后，数十年间再不时兴美髯公，使剃须刀业和牙膏业发达，使香烟业更发达。但秃顶的人越来越多，那些治沙治荒的专家，可以使荒山野滩有了植被，偏偏无法在自己的秃顶上栽活一根发。头发和胡子的矛盾，是该长的不长，不该长的疯长，简直如四人帮时期的社会主义的苗和资本主义的草。

我在四年前是满头乌发，并不理会发对于人的重要，甚至感到麻烦，朋友常常要手插进我的发里，说摸一摸有没个鸟蛋。但那个夏天，我的头发开始脱落，早晨起来枕头上总要软软地粘着那么几根，还打趣说：昨几夜里有女人到我枕上来了？直到后来洗头，水面上一漂一层，我就紧张了，忙着去看医生，忙着抹生发膏，不济事的。愈是紧张地忙着治，愈是脱落厉害，终于秃顶了。

我的秃顶不属于空前，也不属于绝后，是中间秃，秃到如一块溜冰场了，四周的发就发干发皱，像一圈铁丝网。而同时，胡须又黑又密又硬，一日不刮就面目全非，头成了脸，脸成了头。

一秃顶，脑袋上的风水就变了，别人看我不是先前的我，我也怯了交际活动，世界日趋沙漠化，沙漠化到我的头上了，我感到了非常自卑。从那时起，我开始仇恨狮子，喜欢起了帽子。但夏天戴帽子，欲盖弥彰，别人原本不注意到我的头偏就让人知道了我是秃顶，那些爱戏谑的朋友往往在人稠广众之中，年轻美貌的姑娘面前，说："还有几根？能否送我一根，日后好拍卖啊！"脑袋不是屁股，可以有衣服包裹，可以有隐私，我索性丑陋就丑陋吧，出门赤着秃顶。没想无奈变成了率真和可爱，而人往往是以可爱才美丽起来，如此半年过去，我的秃顶已不成新闻，外人司空见惯，似乎觉得我原本就是秃了顶的，是理所当然该秃顶的。我呢，竟然又发现了秃顶还有秃顶的来由，秃顶还有秃顶的好处哩。

秃顶有秃顶的三大来由：

一、民间有理论：灵人不顶垂发。这理论必定是世世代代在大量的实情中总结出来的，那么，我就是聪明的了！

二、地质科学家讲：富矿的山上不长草。如此推断，我这颗脑袋已经不是普通的脑袋啊！

三、女人长发，发是雌性的象征。很久以来人类明显地有了雌化，秃顶正是对雌化的反动，该是上帝让肩负着雄的使命而来的。天降大任于我了，我不秃谁秃！

秃顶有秃顶的十大好处：

一、省却洗理费。

二、没小辫可抓。

三、能知冷知晒。

四、有虱子可以一眼看到。

五、随时准备上战场。

六、像佛陀一样慈悲为怀。

七、不被“削发为民”。

八、怒而不发冲冠。

九、长寿如龟。

十、不被误为发霉变坏。

现在，我常哼着的是一曲秃顶歌：秃，肉瘤，光溜溜，葫芦上釉，一根发没有，西瓜灯泡绣球，一轮明月照九州。我这么唱的时候，心里就想，天下事什么不可以干呢，哼，只要天上有月亮，我便能发出我的光来！

三月十五日，我和我的一大批秃顶朋友结队赤头上街，街上美女如云，差不多都惊羡起我们作为男人的成熟，自信，纷纷过来合影。合影是可以的，但秃顶男人的高贵在于这颗头是只许看而不许摸的！

国王与仆人

——横力

老虎是森林里的国王，想当年只要大吼一声，整个森林都要抖三抖，何等威风。可它近来却无精打采，整日长吁短叹，十足像个病猫。猴子跟随老虎多年，是个忠实的老仆人，看在眼里急在心里，却又无计可施，它不知道究竟发生了什么事。

一打听原来是后院起火。老虎这两年同妻子关系越来越僵，互相怎么看都不顺眼，小吵天天有，大吵三六九，只要一言不和，就要大打出手，常常两败俱伤。这天，猴子看到大王屁股上竟然有一道抓痕，大感惊奇，问道："大王，谁这么大的胆子，竟敢抓您的屁股？""还有谁，不就是我家那个母老虎。别看我贵为森林之王，可在家里我连个仆人都不如，这日子还怎么过啊？"

猴子赶紧献计："大王，狐狸两口子一把年纪了，从来没红过脸。妻子更是对他言听计从，俯首贴耳。我想狐狸绝顶聪明，定有过人的训妻之术，何不把他叫来问问？好为您解忧。"老虎大喜，立即把狐狸召来。

狐狸听明原委当即笑了，胸有成竹地说："大王，别看我在森林里地位不高，可在家里我却是名副其实的国王啊。大王只要依照我的计策行事，保管王后对您千依百顺，恩爱有加。”接着，狐狸对老虎面授机宜。老虎听得半信半疑，这不是叫我做“妻管严”吗？想我堂堂森林之王岂不尊严尽失，一旦传出去，还不让众人笑掉大牙？可思前想后，又没有更好的法子，只好这样了，试试也无妨。

老虎回家后，依计行事，总是对母老虎笑脸相迎，嘘寒问暖关怀备至，还破天荒帮她做了几次家务事。时间一长，奇迹真出现了，母老虎俨然已变成了一只温驯的小绵羊，再也不对他说半个“不”字。老虎大感欣慰，又恢复了往日的风采，精神抖擞威风凛凛，自然重重地奖赏了狐狸。猴子暗暗称奇但是很不解。于是跑去问狐狸：“你告诉大王的是什么秘诀？”狐狸得意地说：“我只对大王说了一句话，把妻子看做女王，你就是国王；把妻子看做侍从，你就是仆人。

换一种方式

——余筝

我不小心打翻了超市的酸奶。那滚下来的酸奶不偏不斜正打在了一个女人的鞋上。白花花、黏糊糊的酸奶淋在她锃亮的皮鞋上，差一点点就流到她的丝袜里了。场面难堪。

“对不起，真是不好意思”，我连声道歉。女人好似还没从愤怒中回过神来，绷着脸，只是瞪着我不说话。

“实在不好意思，我给您找纸。”

在我慌忙掏包找纸的时候，女人的愤怒开始爆发了，冲我吼道：“找什么找，还不赶快把我的鞋给擦了。”这么的一声吼，倒把我“吓”呆了。

纸抓在手里，有些愣：“真是抱歉，不好意思，纸，给您纸 ”

“纸什么纸，瞎眼了你，快给我把鞋擦干净，快点呀。”女人说话的语气好似在训斥一个属于她的奴隶，听不进一句道歉的话，不给别人留丁点余地，我心里的歉意慢慢消失。

“一定要我来帮你擦鞋吗？”

“没错，是你弄脏的，你不擦还要我自己擦呀？神经病，快点啦。”依旧是吼，仍旧是一脸的愤怒还多了些许跋扈，就像一个恶妇。一种莫名的厌恶在我心头滋生。

“这么凶，你呆在这继续吼好了”，我把纸塞回包里，转身就走。

“喂，喂，喂，你把纸给我，把纸给我呀，哎呀，没教养，神经病。”她在我背后狠狠地嚷着，我不打算再理她。

当我走到收银台赔付酸奶钱的时候，看到女人还在嘀咕着，左一拐右一歪地四处乱跳。看着她狼狈的模样，我竟然有一种闹完恶作剧后的开心和得意。

客观来讲，这件事情是我的错。可这个女人跋扈而不给别人留有余地的粗俗嘴脸，令我恶心。其实，只要她换一种方式，结果会完全不一样。假若她不吼我，不用她叫，我都会蹲下来，带着一颗愧疚的心，帮她把鞋擦干净。

走出超市，我忽然想起曾读过的一则小故事。有一个失明的小男孩在街头乞讨，脚下放着一个空罐和一张告示：“我看不见，请您伸出援手救济。”可连续好多天，他都只能在罐子里摸到一点点的施舍。有一天，一个男人告诉小男孩：“我将你的告示改了，下午再来看你。”当男人下午再来的时候，男孩的乞食罐里装满了捐款，于是问男人原因。男人告诉他，我把你的告示写成：“这是个美丽的早晨，我却什么都看不见。”

在我们一去不复返的百态人生里，假若学会换一种方式来表达感情或待人处事，很多事情就会变得不一样了。

高尚的狼性

——游一行

诺贝尔生物学奖获得者劳伦兹，曾详细地记录了两只美洲森林狼的一场战斗：对打的两只野狼，一只体格特别大，而且上了年纪，另一只比较小，比较年轻。它们对挤着兜圈子较量“脚劲”，不一会儿，它们露出牙齿开始互相撕咬，但是没有造成太大的伤害，互相只在嘴唇处留下一两处轻伤。年纪较小的狼，渐渐被逼得向后倒退，那只老狼有意将它赶到栏杆边上。小狼已经碰到了栏杆，脚步大乱，那只大老狼已经骑到它身上，眼看最后一刻就要来临了！

就在这时，一件让人难以置信的事情发生了。它们忽然静止下来，肩并着肩，头冲着同一个方向，带着生硬而紧张的神情站在一起

那只老狼的嘴离年轻小狼的颈那么近，而小狼的头温顺地撇在一边，它的颈弯（整个身体最容易受到伤害的部位）几乎就在对手的口边　此时的情景，打败的一方好像是要故意让对方一口将自己咬死。

时间一秒一秒地过去，人们以为小狼的颈部立时就会被老狼咬断，但是人们的恐惧是多余的，因为这种情形绝对不会发生。

胜利者并没有将不幸的对手置于死地，看得出来，它很想这么做，却下不了口。任何一只狼，只要它把颈子送到对方跟前，一定不会被咬，得胜的那一方虽然又吼又叫，对着空中乱咬，甚至做出将对方咬死的假动作，它却不会真下口去咬。

这是它们与生俱来的一种奇怪的自律行为，只有被打败的那只狼放弃了卑屈态度的时候，它们才会摆脱这种本能的约束。

劳伦兹一反学者的冷静，颇动感情地说："我觉得一只狼能够不咬送到自己面前的颈子，实在是太难得了。更难得的是，另一只狼竟敢以自己的生命为赌注，相信对手不会不受约束而任意逞凶。"

狼族之间，遵守着一定的规则，它们不会无故互相残杀，消耗自己的力量。狼是懂得自重和分享的动物，它们总是和谐地团结在一起，追求共同的利益。

可悲的是，自高自大的人类，许多时候并没有这种追求共赢的习惯。

假如你不是天才

——蒋子龙

在一个急功近利的物质社会，人们经常听到的是天才、成功者和幸运儿的故事。可这些人到底有多少？假如你不是天才，你就不活了吗？

活，当然还是要活的，而且还都想活得更好一些。可是，每个人面临的生存和竞争压力大同小异，如果你不是天才将怎样胜出呢？

有一个办法——那就是敬业。尽管你可能永远不会成为天才，通过敬业却可以使自己成为“专才”，成为不易替代的人才。

媒体曾报道过一个惯偷的经历。他叫刘金华，偷偷摸摸大半辈子，监狱、拘留所经常进进出出，快六十岁的时候看到大墙外有一个孩子走过，心里猛然一动，自己都这般年纪了，白来世界上走一遭，最后连自己的骨血都留不下。于是幡然醒悟，洗心革面，要重新做人。

他最后一次从监狱被放出来，找不到工作就捡破烂。捡破烂竟拾金不昧，几次捡到居民丢失的贵重东西，千方百计都要送归到失主手里，并捎带着打扫一个小区的卫生和维护治安。时间一长，他被物业公司招为保安。一个贼竟当了保安，居民大哗，纷纷抗议。岂知，有他当保安就最懂得怎样防盗，贼们也不敢再光顾那个居民区。后来他成了各小区争抢的保安，原来的小区为了留住他，将闲房给他住，还有人热心地为他张罗对象

刘金华可算是当今社会最底层的一员，更遑论他人。任何人，通过敬业都可找到实现自己价值的平台，凭这个口碑就可以走遍天下，成为个人的护身符、无价之宝。

这是因为，敬业者都善于发现学习的机会。这是无需交学费就可以得到的学习机会，即在于中学。而学习的机会中，就常常包含着发财的机会、成功的机会。当你精于算计、事事计较，把多干活、干好活的机会推给他人的时候，也就把学习甚或是成功的机会让给了他人。相反，当一个人把敬业变成一种习惯，在多干活、干好活的过程中就会学到更多的知识，积累更多的经验，体验到干活的乐趣。

管理学家陈鸿桥有言："敬业是快乐的，敬业的口碑是职业生涯中最大的财富。"奉行实用主义，只追求眼前实惠的人，常误以为敬业是提升了公司的价值，对老板有更大的好处，殊不知敬业最大的受益者是自己。

大师的败笔

——梅资

一位建筑设计大师一生杰作无数。在过完六十五岁寿诞之后，他向外界宣称：等完成封笔之作便归隐林泉。

一言方出，求他设计楼宇者便踏破门庭。

大师自有大师的想法。他一生学富五车，阅历无数，最大的遗憾就是时下人们批评的——把城市空间分割得支离破碎——楼房之间的绝对独立加速了都市人情的冷漠。他自己也深有感触。于是，灵感像火花一样迸射出来，一种崭新的创作理念也日趋成熟——他要打破传统的楼房设计形式，力求让住户之间开辟一条交流和交往的通道，使人们相互之间不再隔离而充满大家庭般的欢乐与温馨。

一位颇具胆识和超前意识的房地产商很赞同他的观点和理念，出巨资请他设计。经过数月苦战，图纸出来了。不但业内人士一致叫好，媒介与学术界也交口称赞，房地产商更是信心十足，立马投资施工。

令人惊异的是，大师的全新设计却叫好不叫座。楼盘成交额始终处于低迷状态。

房地产商急了，于是责成公司信息部门去做市场调研。调研结果出来了，原来人们不肯掏钱买房的原因，是嫌这样的设计虽然令人耳目一新，也觉得更舒爽，但邻里之间交往多了，不利于处理相互间的关系；孩子们在这样的环境里活动空间是大了，但又不好看管；还有，空间一大，人员复杂，于防盗之类人人担心的事十分不利

设计大师听到了这个反馈，心中绞痛不已，他退还了所有的设计费，办了退休手续，与老伴儿回乡下隐居去了。临行前，他对众人感慨道：我只识图纸不识人，这是我一生最大的败笔。我们可以拆除隔断空间的砖墙，而谁又能拆除人与人之间坚厚的心墙？

是的，心墙不除，空间恐怕会越来越小。

蓝色的竹叶

——依栋

第一个故事是由莫利夫人告诉水均益的。

地震发生了，人伤亡了，幸存的小孩子的身上插了好几根打点滴的针；医生忙起来了，护士不够了，一位女士坐不住了。这位女士就是当选世界小姐机构主席的莫利夫人。

她给曾经当选的世界小姐打电话，她说："请带上你最漂亮的衣服到这儿来，我需要你的帮助。"

一位世界小姐回答说："我大学刚刚毕业，老板要我负责一项设计，工作进行到一半，我不能失去我的工作！我无法令你 "

"不能气馁！"莫利夫人决定给下一个打电话。

几分钟后，说"不"的那位世界小姐回过来电话："我改变主意了。"

义演的现场来了很多人。世界小姐十七位，许多外交官和他们的夫人也来了。

很快，莫利夫人把筹集到的钱物汇给受灾区的善后机构。

把尊贵、美丽、智慧、素不相识的人们请到一起的，是孩子们的歌声，是刚打完点滴的孩子们的心声。

接下来，是敬一丹女士讲述的一个故事。在西部，敬一丹见到一个名叫杨芳的女生。

“你最喜欢上什么课？”

女生回答：“我喜欢美术课。”

“你平时都画些什么？”

女孩摊开自己画的“作品”。

“熊猫和竹子，画得挺好。叶子是什么颜色呢？”

“绿色。”

“你为什么把它画成蓝色的呢？”

“因为我只有一支蓝色的圆珠笔。”

“　　”敬一丹问不下去了。

节目播出后，一丹姐说收到了许多礼物。不久，杨芳寄来一幅画，画面上的叶子绿了，就连熊猫也画上了彩色。

是啊！单调的色彩不能让心灵灰暗。清纯的蓝色的竹叶子，一片一片都是来自大山的呼唤。闻讯而来的人们，就像穿过竹林子的风，轻轻地把叶子柔柔地摇。

穷人是个尊贵的名字

——鲍尔吉·原野

我有一些穷人朋友。按说照经济学家的划分，我也属于穷人。如果从固定收入和社会保障能力上说呢，我比朋友们要好一些。

我的朋友包括修自行车的瘸子、驼背和有些弱智的街头女理发师，还有卖牛奶的“黛米·摩尔”，以及站街天天热评时事的退休钳工。

我和这些朋友们在一起感到非常舒服。他们纯朴、明朗、大气。与他们为伍，你很容易就发现自己的毛病，并为此羞愧。

穷人灵巧。他们常常通一门技术。在做生活琐事方面他们手脚远比富人利索。虽然“技术”并没有使这帮哥们变富，但他们觉得，人嘛，就得有一门技术。这个观念的背后还有一个观念，就是劳动的光荣。因为任何技术都会——也必然会——服务于社会。当你看到一双粗糙的大手摆弄自行车轴承的时候，“穷人”脸上安详，像孩子做游戏一样全神贯注。这时我很为他们自豪。

穷人乐观。这是最令我佩服的品格。他们穷，扫街的老王常在菜市散了之后，在路灯下拣菜叶子和几寸长的烂鱼，但老王豪气四射，纵谈四野作战史，让人叹服。有一个退休的朱经理，眼泪汪汪地向瘸子叙说老伴得骨癌的事，瘸子斩钉截铁地说：肯定没事，医学上的道理他说不出来，但他说“肯定没事，不过，你得刚强”。要说也挺怪，经理老伴真就没事，两年了。瘸子躺在树下从垃圾堆里捡来的破沙发上说：“我早就说没事”，闭着眼睛，很自负。其实，穷人最怕疾病的打击，瘸子的预言，其实是祝福，他怕经理憋出病来。老朱也是穷人，单位已经几年没开薪了。

穷人是语言大师，他们精通以明快的方式一语道破事物的本质。譬如科索沃问题，退休钳工只说了四个字：“美国没理”。简洁，又有音韵的美感。

穷人自在。他们衣衫破旧，随处可坐。他们捡一张撕半截的旧报纸读得津津有味。他们吃饭香，腮帮子鼓得溜圆。这时我会觉得那些面对珍馐无处下箸的人们的可怜。

其实“穷人”只是一个暂时与相对的说法，今日穷，明日也许就会富了：病弱时拮据，强健时便可能发达。因此，“穷人”绝对不应该是他们被轻视的理由，这意思还包括，“富”也不应该是被攻击的理由。富人在富的同时，为社会提供了就业机会以及税收，我常对富人抱有敬意。

有一次，北京一位教授到我家叙谈。在路上，我的穷人朋友们用尊敬和亲密的目光迎接我，一脸纯朴的笑容，黝黑奇丑的“黛米·摩尔”还试图和我打情骂俏一番。教授先生很惊异，我没解释，我有些扭捏，但我感到很荣幸。有底层的民众喜欢你，让人踏实。

这时，我想起哈尔滨的朋友李琦说过一句话，她说“穷人是一个尊贵的名字”。

真的。

面条滋味长

——米依

同事间经常要问问昨晚吃了什么，从小生活在新疆的那位回答几乎千篇一律：拌面，她每做一番精彩形容，就馋得我们恨不得逼她立即回家做给我们吃。这次去了趟新疆，才领教了新疆拌面的魅力。

新疆拌面，也叫拉条子。在新疆，无论走到哪里，就是沙漠“驿站”简陋的小饭铺，也是拌面和羊肉串为主打。新疆的面条劲道，有嚼头，这是好吃的基础，再要好吃就看面条的拌菜了。所谓拌菜，就是类似我们平时做的炒菜。芹菜、西红柿、豇豆、青红椒、黑木耳、鸡蛋等等，可随意选几种配在一起炒，不能少的是西红柿和羊肉片，还有要用花椒、辣椒炝锅。新疆的西红柿和羊肉比内地的鲜香，炒菜也是靠这两样提味。一般的饭馆和平时家里吃，只炒一两个菜就行。讲究一点的饭店，则会做上五六样拌面的菜式，可挑几样拌，也可每样都往面条上放一些，混在一起拌，都好吃。一位杭州女伴是吃南方精细的菜肴长大的，也算半个美食家，却对新疆粗犷的拌面情有独钟，做拌面的面条一定要自己拉，拌菜要用上好的羊肉。吃正宗的拌面只能到新疆品尝。在北京，就是正宗的清真或标明

“西域”的饭庄，也不十分地道。还不如干脆用街上买的手擀面在家依照拌面做法一试，让饭桌真出点新意，蛮好。

出差到河南，对当地的烩面同样留下了好印象。与新疆一样，河南的烩面馆到处都有，而且是合家老少都上馆子吃烩面，其情景有点像广东人喝早茶。河南的烩面馆大多其实就是饭店，什么菜都有，一家子点菜、吃面，其乐融融。烩面的面条宽、薄，不长，口感滑爽。烩面的汤是上好的高汤，呈乳白色，味厚，面里有海带丝、肉丝、萝卜丝、香菜等菜料，微辣，味鲜，没有多放了味精的异味。河南还有一种面条名为甲鱼面，面条细细软软的，咸淡适中，不见甲鱼，其味其香却令人处处感到甲鱼的存

在。自家该怎么做，笔者至今想象不出来，解馋也只能去当地了。

现在居家常做的是炸酱面和焖面。焖面数扁豆加肉片做底料最好吃，蒜苗和肉丝也不错，菜料炒好后将面条往上一铺，倒入开水，高出面条些许，盖上盖，焖上十来分钟，加蒜末、醋，上下一拌，再做碗西红柿鸡蛋汤，齐了。炸酱面是北方最经典的面食，老北京炸酱面和海碗居（经营炸酱面）现在北京越开越多。炸酱面的酱最好是品质优良的干黄酱，炸时放糖少许。肉最好是切丁的五花肉，肉炒后放酱再加水小火慢炖，边炖边炒，约十几分钟水分收干，见酱与油分离，这酱就炸好了。正宗的吃法，要弄上几样如绿豆芽、心里美萝卜丝、黄瓜丝等菜码，在家吃，只要面条拌上酱，就一根黄瓜一嚼，看上去吃得粗犷，滋味却可细品。

光一个面条，就已写不过来、吃不过来了，想想中国饮食文化的底蕴该有多么深厚！

“真”比一切都重要

——钟天竺

开学了，一个刚刚离开小学的小姑娘写了一篇作文给我。

作文里说，她在路上看到一个外国人，正对着一个骑三轮车捡废品的老人拍照。于是她很气愤：“身为一名南京人，一名中国人，我们丑陋的一面被裸露了出来，我感到很羞愧。作为一名中学生，我应该上去制止。”她甚至盯梢那个老外好长的路，终因“他人高马大”而未敢造次。

这件事让我想到最近被Cut20分钟“有损中国形象”镜头的《谍中谍3》。里面的打麻将、晒衣服等镜头令电影审片部门如坐针毡，据说是感到给社会主义和国际化大都市的上海抹黑，所以必须一Cut了之。

电影审片部门捂住中国老百姓的眼睛，大喝一声“此处有碍观瞻”，似乎全世界人民也跟着一块儿看不到了。俨然“掩耳盗铃”的现代版。

小学生式的思维是，人家看到我们不好看的地方了，上去捂住，喊一声：“不给看！”国家电影审查部门的思维方式竟然也完全一样。以为只要粉饰太平就万事大吉了。

中国人的传统是家丑不可外扬。“红肿之处，艳若桃李；溃烂之时，美如醴酪。”——鲁迅语。总之死活不肯承认自己不好，非但不肯承认，而且要辩护说自己怎么美好绝伦世上无双。被揭了疮疤，不是想怎么建设，怎么疗救，而是一蹦三尺高，戳指大骂曰：“你怎么不看看你们自己！”仿佛贬低了别人，自己就能变好似的。

一个穷人，衣衫上有个破洞倒也不可怕，可怕的是只要有人朝这个破洞瞄一眼，他就立刻犯过敏症，不是想办法去把破洞补起来，而是扑上去捂人家的眼睛，或者破口骂道：看什么看，你自己胳肢窝里还有个窟窿眼儿呢。

现代心理医生认为，健康的心理中有一条叫做“适度自尊”。能够接受自己，肯定自己的价值是适度自尊的前提，过分的自尊其实是由自卑导致的，不是一种健康的心态。

作为一个民族，如果也能做到适度自尊，既能为自己民族的优秀而自豪，也能接受自身的不完美并予以改正，才是一个可以发展成长的健康民族吧。

上课的时候，我把小姑娘的作文讲给其他学生听，问他们：这件事，可以不可以换一个角度看问题？

一个孩子说：“也许这个外国人是想用自己真实的镜头唤起人们对弱势人群的关注呢？提醒我们要帮助这些老人啊。”

真是个可爱的孩子。我说：“是，我们可以这么看。最重要的不是掩盖事实，而是要帮助困难中的人们。”

陶行知有过这样一句话：千教万教教人求真；千学万学学做真人。这不是口号。他告诉我们：“真”比一切都重要。

一根手指与一座大桥

——汪宝英

1883年，美国纽约富有创造精神的工程师约翰·罗布林雄心勃勃地想建造一座横跨曼哈顿和布鲁克林的大桥，然而桥梁专家们却劝他说这个计划纯属天方夜谭，不如趁早放弃。罗布林的儿子华盛顿·罗布林——一个很有前途的工程师，也确信这座大桥可以建成。父子俩克服了种种困难，在构思建桥方案的同时，也说服了银行家们投资该项目。

然而大桥开工仅几个月，施工现场就发生了灾难性的事故，约翰·罗布林在事故中不幸身亡，华盛顿的大脑也严重受伤。许多人都以为这项工程会因此而泡汤，因为只有罗布林父子才知道如何把这座大桥建成。

尽管华盛顿·罗布林丧失了活动和说话的能力，但他的思维还同以往一样敏锐，他决心要把和父亲一起费了很多心血的大桥建成。一天，他脑中忽然一闪，想出一种用他唯一能动的一根手指和别人交流的方式，他用那根手指敲击他妻子的手臂，通过这种方式由妻子把他的设计意思转达给仍在建桥的工程师们。整整十三年，华盛顿就这样用一根手指指挥工程，直到雄伟壮观的布鲁克林大桥最终落成。

如出一辙的故事也发生在法国记者博迪身上。博迪年轻的时候，因一场重病导致四肢瘫痪，在全身的器官中，唯一能动的只有左眼，可是，他还是决心要把自己在病倒前就构思好的作品完成。

博迪只会眨眼，所以他就通过眨动左眼与助手沟通，逐个字母地向助手背出他的腹稿，然后由助手抄录出来。助手每一次都要按顺序把法语的常用字母读出来，让博迪来选择，当她读到的字母正是文中的字母时，博迪就眨一下眼表示正确。由于博迪是靠记忆来判断词语的，有时不一定准确，经常需要查辞典，所以每天只能录一两页。可以想象两个人的工作是多么艰难！几个月后，他们历经艰辛终于完成了这部著作。为了写这本书，博迪共眨了二十多万次眼。这本不平凡的书有一百五十页，书名叫《潜水衣与蝴蝶》。

在这个世界上，很多人之所以没有成功，并不是因为他们缺少智慧，而是他们面对事情的艰难时缺少做下去的勇气。不过，当你知道一根手指就可以指挥建造一座大桥，通过一只眼睛就可以写出一本书，还有什么是不可能的呢？

避免“脾气败”

——高兴宇

失败有多种，其中一种就是因为控制不了自己的脾气，意气用事而导致的失败。这种失败，就是“脾气败”。

香港德隆公司的销售经理阿江因商品市场判断失误，给公司造成了一千万美元损失。羞愧懊悔的阿江随即向董事长提出辞职，以示谢罪。

如果你是德隆公司的董事长，你会怎样处理此事？

或许你大度，或许你睿智，但我敢说大多数普通人会火冒三丈，严厉指责阿江的过失，并做出开除阿江的决定。这样做有什么好处呢？或许能收到杀一儆百的效果，或许能削弱你心中的忿忿之气，但这样做的结局于事无补，因为损失已成定局不能挽回。

德隆公司的董事长解世龙当着阿江的面把辞职信一撕两半，扔进了垃圾桶，并笑着对他说：“你在开什么玩笑？公司刚刚在你身上花了一千万美元的培训费，你不把它挣回来就别想离开。”

阿江闻听此言，大出意外，立即化羞愧为奋发，变压力为动力，在随后的一年时间内，为公司创造了远远多于一千万美元的利润。

解世龙是明智的人。面对下属的失误，他既看到了公司的损失，也看到了事业发展的潜力。明智的解世龙压住自己的坏情绪，用思想工作来挖掘这种潜力。

如果说解世龙是转败为胜，那么意气用事的那些人便是一败再败。这种失败，说到底就是“脾气败”。如何避免“脾气败”是一门处世学问。

一个人在心澜难平，或者怒涛汹涌时，是很难做出理性的判断，采取明智的行动的，这就造成了“脾气败”。富兰克林也说：“事情常常从愤怒开始，以羞辱结束。”人之心理就像一面湖水。波浪起伏的水面，无法映出任何相貌，但是静止的水，却犹如一面镜子，不但能映出周围的高山、树林，甚至连天空中飘动的浮云也能看得一清二楚。如何保持心静如水，是一种极高的修养，这种修养会使一个人时刻避免“脾气败”，从而踏平坎坷，消除灾祸，转败为胜，走向辉煌。

微笑是一种世界语

漫谈人生的意义与价值

——季羡林

当我还是一个青年大学生的时候，报刊杂志上曾刮起一阵讨论人生的意义与价值的微风，文章写了一些，议论也发表了一通。我看过一些文章，但自己并没有参加进去。原因是，有的文章不知所云，我看不懂。更重要的是，我认为这种讨论本身就无意义，无价值，不如实实在在地干几件事好。

时光流逝，一转眼，自己已经到了望九之年，活得远远超过了我的预算。有人认为长寿是福，我看也不尽然，人活得太久了，对人生的种种相，众生的种种相，看得透透彻彻，反而鼓舞时少，叹息时多。远不如早一点离开人世这个是非之地，落一个耳根清净。

那么，长寿就一点好处都没有吗？也不是的。这对了解人生的意义与价值，会有一些好处的。

根据我个人的观察，对世界上绝大多数人来说，人生一无意义，二无价值。他们也从来不考虑这样的哲学问题。走运时，手里攥满了钞票，白天两顿美食城，晚上一趟卡拉OK，玩一点小权术，耍一点小聪明，甚至恣睢骄横，飞扬跋扈，昏昏沉沉，浑浑噩噩，等到钻入了骨灰盒，也不明白自己为什么活这一生。

其中不走运的则穷困潦倒，终日为衣食奔波，愁眉苦脸，长吁短叹。即使日子还能过得去的，不愁衣食，能够温饱，然也终日忙忙碌碌，被困于名缰，被缚于利锁。同样是昏昏沉沉，浑浑噩噩，不知道为什么活这一生。

对这样的芸芸众生，人生的意义与价值从何处谈起呢？我自己也属于芸芸众生之列，也难免浑浑噩噩，并不比任何人高一丝一毫。如果想勉强找一点区别的话，那也是有的：我，当然还有一些别的人，对人生有一些想法，动过一点脑筋，而且自认这些想法是有点道理的。

我有些什么想法呢？话要说得远一点。当今世界上战火纷飞，人欲横流，“黄钟毁弃，瓦釜雷鸣”，是一个十分不安定的时代。但是，对于人类的前途，我始终是一个乐观主义者。我相信，不管还要经过多少艰难曲折，不管还要经历多少时间，人类总会越变越好的，人类大同之域绝不会仅仅是一个空洞的理想。但是，想要达到这个目的，必须经过无数代人的共同努力。有如接力赛，每一代人都有自己的一段路程要跑。又如一条链子，是由许多环组成的，每一环从本身来看，只不过是微末不足道的一点东西；但是没有这一点东西，链子就组不成。在人类社会发展的长河中，我们每一代人都有自己的任务，而且是绝非可有可无的。如果说人生有意义与价值的话，其意义与价值就在这里。

但是，这个道理在人类社会中只有少数有识之士才能理解。鲁迅先生所称之“中国的脊梁”，指的就是这种人。对于那些肚子里吃满了肯德基、麦当劳、比萨饼，到头来终不过是浑浑噩噩的人来说，有如夏虫不足以语冰，这些道理是没法谈的。他们无法理解自己对人类发展所应当承担的责任。

话说到这里，我想把上面说的意思简短扼要地归纳一下：如果人生真有意义与价值的话，其意义与价值就在于对人类发展的承上启下、承先启后的责任感。

微笑是一种世界语

——新华

曾在一本介绍世界名模的书中看到过这样一句话：女人出门时若忘了化妆，最好的补救方法便是亮出你的微笑，可见微笑之美。

有一对著名的心理学家夫妇，开了一家心理咨询所。天天门庭若市，预约号常常排到了几个月之后，人们好奇地问其受人欢迎的原因，这对夫妇回答：其实很简单，他们让每位上门的咨询者经常操练一门功课——寻找微笑的理由。比如，雨夜回家时发现门外那盏坏了很久的路灯今天亮了；清洁工在离你几步之远的地方停下扫地，而没有让你奔跑着躲避灰尘。诸如此类的生活细节，都可以作为微笑的理由，因为这是生活给你的礼物。

笔者还读过这样一则真实的故事：有一位法国留学生和他的同学一起去爬山，不小心进入军事要地，被法国军人带走，关在小屋里，言明须弄清每个人的真实身份后才能放行。负责看管他们的是个年轻的小伙子，他两腿分开，双手背在身后，一副对待犯人的架势，弄得他们很不舒服。于是这个同学建议大家对这个年轻的军人微笑，看他怎么样。果然不出一分

钟，这个年轻的军人被甜美的微笑所打动，改变了姿态，还问他们想不想喝咖啡。待他们的身份被确认后，他又主动送他们下山，最后像朋友般握手告别。

总之，微笑是人类最好看的表情，是一句不学就会的世界语。若是人人都擅长运用这句世界语，让微笑组成人际关系的链环，这个世界一定会更美。

生命中最重要的事

——何权峰

托斯卡尼尼是举世闻名的指挥家。他到过很多地方，指挥过无数的乐团，也见过无数的达官显贵。八十岁时，儿子好奇地问他："您觉得您一生做过最重要的事是什么？"

托斯卡尼尼回答说："我现在正在做的事，就是我一生中最重大的事。不管是在指挥一个交响乐团，或是在剥一个橘子。"

在我当总医师时，有一个室友。他才刚开始刷牙，又离开浴室去挑上班要穿的衣服，而嘴里还满是泡沫。接着，他又忙着整理桌上的资料，还一边说今天有哪些事要办。不消说，他的日子总是过得匆忙无趣。

在医学院教书，我发现有几个学生上课都不看我，他们一直忙着抄笔记。他们很努力、很认真地写，但我从不认为他们是"好学生"，因为他们对考试的兴趣远超过对学习的兴趣。他们或许能从笔记中得到考试时所需要的知识，但他们无法全然地了解。片片断断地抄下来，知道的也只是片片断断，当他们把我的话写下来，我已经又讲了其他东西，他们将一再错过。你必须全心全意地融入，尽你所能地投入，仿佛此时此地世上唯有

此人唯有此事　　然后才会有真正了解。这必须变成你的人生态度，变成你的生活方式，无论你是在上课、吃饭、聊天、跳舞、画画

有人问凡高：你的画里面哪一张最好？他说：就是我现在正在画的这一张。几天之后，那个人再问。凡高说：我已经告诉过你，就是我现在正在画的这一张！

是的，你现在正在做的事，就是你生命中最重要的事　　即使是在剥一个橘子。

引而不发，藏而不露

——张峰

人们说话，根据语境和交际目的的需要，有时可以一针见血，一语破敌；有时，则可以引而不发，藏而不露，尽量不把话说破，将自己的意思留给听者去思考、领悟、寻味。引而不发是一种委婉的表达技巧，能帮助人们将一些不好直说、不愿直说、不能直说的话间接地说出来，让听话的一方在作出延伸或深入思考之后，领悟出说话人有意藏起来的那层意思。

美国大文豪马克·吐温在路上碰到一个富翁。这位富翁得意洋洋地说："你能分辨出我的两只眼中哪一只眼是假的吗？"马克·吐温对这位为富不仁的富翁早就没了好感，这会正好抓住机会刺刺他。马克·吐温说："你的左眼是假眼。"富翁十分惊奇地说："你怎么知道的？"马克·吐温说："因为在这只眼里，还能看到一点仁慈。"马克·吐温说富翁的假眼里还能看到一点仁慈，言外之意是富翁的真眼里没有半点仁慈，这等于拐着弯骂对方。

引而不发又是一种幽默风趣的表达技巧，它的幽默风趣在于它不是一览无余地把话说尽，而是给人留下思考回味的空间。在这个空间里，听者可以通过自身的领悟，感受到说话者隐藏的无限机锋，无穷趣味。

在某餐厅里，来宾发现啤酒里有苍蝇，这位客人没有当场怒斥侍者，使之难堪，而是十分平静地对侍者说："以后请将啤酒和苍蝇分开放，你觉得怎么样？"这个客人明明是要批评餐厅服务工作的马虎，可他却采用了引而不发之法，使自己的意思表达既委婉含蓄又幽默风趣。风趣诙谐的表达，既保住了侍者的尊严，又能促使其改正工作，还使侍者对客人感激不尽，可谓一"笑"百味生。如果板起脸来直接说："怎么搞的，你们的啤酒里有苍蝇！"未免索然无味。

有一次，汉武帝对文武大臣说："《相书》上说：'鼻子下面的人中如果有一寸长，那人就会活到一百岁了。'"东方朔听了，忍不住噗嗤一笑，有官员向汉武帝反映说东方朔侮慢皇上。东方朔脱了帽子向武帝谢罪说："我哪里敢笑皇上，实在是笑彭祖的脸太长了。"武帝问此话怎讲，东方朔说："彭祖寿高八百岁，如像你说的那样，他的人中会有八寸长，那他的脸就该有一丈多长了！"汉武帝听罢也禁不住大笑起来。东方朔要指出汉武帝言语的荒谬，机智的他没有直说，而是成功运用了引而不发之法，他顺着汉武帝的荒谬逻辑稍加引申，得出一个荒唐透顶的结论：彭祖的脸有一丈多长，用这个结论暗示汉武帝相信《相书》的错误。风趣幽默耐人寻味的表达，既维护了汉武帝的尊严，也使他在笑声中明白了自己的错误，效果尤佳。

要甘于寂寞

——刘海粟

近来不如从前了，虽然家还没有安顿好，但是到临时的“家”里来的客人越来越多，从早到晚，应接不暇。有来探望我的，有来求教的，有来要我作画写字的，还有报刊记者和编辑，总之，非常热闹。

热闹有啥好处？世界是热闹的，大城市是热闹的，人在社会上原来也是在热闹之中。但是作为一个搞艺术的人，一个画家，对热闹要有一个正确的态度。

怕热闹，想避免热闹，是不能完全做到的。尤其一个成了名的画家，你想不要热闹，办不到，人家会来凑热闹。

问题是你自己是不是想热闹，是不是怕日子过得不热闹？

对一个名人来说，热闹有时就是捧场，就是奉承。这对从事艺术创作是有害的。因为太热闹，脑子要发热，安静不下来。

我大半生都是在热闹之中过的，但是我一直在寻求摆脱热闹的办法，我要冷静，要安静一点，宁可冷清一些。

前几年，由于“四人帮”作乱，我运交华盖，家里倒冷清了一阵，我的心情也冷静得多。我坐在唯一给我留下的三层楼这个既是画室又是起居室的走廊里，因为来的人少，可以冷静地考虑问题。回顾我的过去，考虑我的将来，像放电影一样，一个一个镜头在眼前过去，我从中总结自己的教训，找到继续前进的方向。

我大半生都是这样。尤其在进入老年以后的这三十年来，当客人走完了，家里的人都睡了，我常常喜欢在晚上，坐在书斋里，一个人静静地思考问题，面对着墙上挂的一些新作旧稿，思考自己的艺术道路。环境非常静，一点声音也没有。但是我脑子里考虑着各种问题，心里思潮起伏。这样的静坐，很有意思。这十多年来，尤其是前几年，我所以比较冷静，因为来捧场的人少了，来干扰的事少了，我反正“闭门思过”，倒是清闲得很，头脑也冷静得很。利用身边仅有的一些书，手头留着的纸和笔，我就读书，写字，作画，想问题。

真正要做学问，要写字作画，就需要有一个安静、单纯的环境，宁可冷清一些，因为它安静，便于自己研究。

但是因为文艺界是比较热闹的，也有一种赶热闹和轧热闹的空气，好像不热闹就“吃不开”，就没有“名气”，好像社会就会把你遗忘了。所以有的人就拼命赶热闹，往热闹当中挤进去。像从前白相大世界，越是乱哄哄、闹稠稠的地方，好像越有趣。这种人，叫做“不甘寂寞”。好像几天不到热闹场所，别人就会忘记你，就觉得冷清、寂寞了。其实，越是怕寂寞的人，将来就会很寂寞。因为你把时间和精力都花在热闹场所，没有时间读书，没有时间研究自己的学问，在热闹场中混到老，什么成就也没有，最后社会不承认你，越老越寂寞，以后死得也寂寞。死后烟消云散，谁又记得你这个不甘寂寞的人呢！

所以，甘于寂寞的人，将来倒不会寂寞的。戏剧界的梅兰芳、盖叫天、周信芳，还有杨小楼、金少山是不寂寞的，他们平时一直在家里练功，提高。许多卓越的书画家，都是不寂寞的，很多在平时却是甘于寂寞，谢绝应酬，时间和精力都用在应该用的地方。

你们年轻，精力正旺，正是做学问的好时光。一定要甘于寂寞。你集中一段时间闭门学习，不去赶热闹，社会上暂时不出现，没啥了不起，等你真正有成就，社会上永远记得你，你就永远不会冷清，不会寂寞了。这是我的经验之谈。

我这些话可能不对，我也不是反对参加必要的社会活动，我只是对那些“不甘寂寞”，好轧“闹猛”的人提点意见：一个人的时间是有限的，要珍惜它。

一粒米，一亩田

——林清玄

有一次在山地部落听山地人唱“小米丰收歌”，感动得要落泪。

其实，我完全听不懂歌词，只听到对天地那至诚的祈祷、感恩、欢愉与歌颂，循环往复，一遍又一遍。

夜里，我独坐在村落边，俯视那壮大沉默的山林，仰望着小米一样的星星，回味刚刚喝的小米酒的滋味，和小米麻薯的鲜美，感觉到心里仿佛有一粒小米，饱孕成熟了，这时我的泪才缓缓地落了下来。

落下来的泪也是一粒小米，可以酿成抵御寒风的小米酒，也可以煮成清凉的小米粥，微笑地走过酷暑的山路。

星星是小米、泪是小米，世事是米粒微尘、人是沧海之一粟，呀，全天下就是一粒小米，一粒小米的体验也就是在体验整个天下。

在孤单失意的时候，我就会想起，许多年前山地部落的黑夜，沉默的山林广场还在唱小米丰收歌，点着柔和的灯，灯也是小米。

我其实很知道，我的小米从未失去，只是我也需要生命里的一些风雨，一些阳光，以及可以把小米酿酒、煮粥、做麻薯的温柔的心。

我的小米从未失去，我也希望天下人都不失去他们的小米。

那种希望没有歌词，只有至诚的祈祷、感恩、欢愉与歌颂。

循环往复，一遍又一遍。

地瓜稀饭吃一碗粥、喝一杯茶，细腻、尽心地进入粥与茶的滋味，说起来不难，其实不易。

那是由于有的人失去舌头的能力，有的人舌头太刁，都失去平常心了。

我喜欢在早上吃地瓜粥，但只有自己起得更早来熬粥，因为台北的早餐已经没有稀饭，连豆浆油条都快绝迹了，满街都是粗糙的咖啡牛奶、汉堡包与三明治。

想一想，从前每天早晨吃地瓜稀饭，配酱菜、萝卜干、豆腐乳，是多么幸福的事呀。

那从匮乏与饥饿中体验的真滋味，已经很久没有了。

百千粒米是伪山灵佑的故事，有一次他的弟子石霜楚圆正在筛米，被灵佑看见了，说："这是施主的东西，不要抛散了。"

"我并没有抛散了。"石霜回答。

灵佑在地上捡起一粒米，说："你说没有抛散，哪，这个是什么？"石霜无言以对。

"你不要小看了这一粒米，百千粒米都是从这一粒生出来的，"灵佑说。

灵佑的教法真好，一个人通向菩提道，其实是与筛米无异，对一粒习气之米的轻忽，可能生出千百粒习气；对一粒清净之米的珍惜，可以开展一亩福田。

从前有位艺术家。小时候他画过一幅老头儿的肖像。这老头儿是他想象出来的在画面上显得栩栩如生。小艺术家怎么也不能满意自己的作品：他不停地在这儿加一笔，在那儿抹一下。终于那老头儿吃不消了。他从画上走下，忿忿地说：“够了，够了！你简直在折磨我！”

小艺术家给吓住了：这从自己画里出来的老头儿是怎么一回事呢？

“您是谁？”他问，“是巫师吧？”

“不，不是！”

“魔术家？”

“不是。”

“啊哈，现在我明白了”，小家伙猜到了，“您叫‘不是’。”

“这回你对了。”老头儿说，“人们确实这样称呼我。所有与我有关的人，都认为我——完完全全不是他们所需要的那样。”

“您都干些什么呢？”小画家问。

老头儿一本正经地答道：“嗯　　是这样，我的工作可多哪。人类在地球上所创造的一切美好的事物，都有我的一份功劳。将来你会懂的。”说罢他便转回到画布上去。

过了许多年，小艺术家长大了，成了名副其实的画家。人们接受并喜爱他的画，他的作品被送进最高艺术殿堂展出。许多人都嫉妒他的名声和成就，说他是幸运儿。可事实上，艺术家并不满意自己的画。这些画只在他伏在其上劳作时，才给他以快慰，工作一完，疑惑便油然而生。

一次，参加巡回画展归来，他久久不能入睡。

“不是，完全不是！”艺术家长嘘短叹着。

在他面前突然出现了一个老头儿，这便是他幼年时画的那个老头儿。

“你好，”老头儿说，“你认不出我了？想想你过去画的那幅肖像。”

“别跟我谈我的作品。”艺术家恳求道，“从它们那儿我一无所得，可为什么所有的人都喜欢它们呢？”

“怎么会？比如我，就不特别喜欢。”

“您不喜欢我的画？”

“这有什么？要知道你自己也不喜欢。”

这次谈话作用非凡。艺术家从未如此玩命地干过。新作品带给他更大的名声，终于一切疑惑都消失了。“要是那老头儿看到这些画。”他暗想，“大概也不会不喜欢。”可那老头儿从此消声匿迹，再没出现过。

又过了许多年。一次，画家在储藏室翻找作品时，发现了老头儿的肖像。“这是谁呀？我一点也想不起来了。”

“你又没认出我来。”老头儿从画上走下，“我一直等着你呼唤我，可你没有。看来你十分满意自己的创作，因此把唯一能帮助人类创造货真价实的东西的‘不是’老头儿都给忘了。你面前放的是你的画——现在用我的眼光去看它们罢。”

“这是怎么回事？”艺术家惊叫，“这难道是我的作品么？不，这不是！不是！”

“你叫我了，”老头儿忧郁地说，“可现在晚了。很遗憾，晚了。”

学会把别人的教训当财富

——王官

对于别人的经验与别人的教训，很多人偏重于借鉴经验；对于自己的教训与别人的教训，人们更容易汲取自己的教训。其实，无论单位还是个人，都应该学会把别人的教训当财富。

邓小平同志说过：“过去的成功是我们的财富，过去的错误也是我们的财富。”成功的经验大多相似，失败的原因却千差万别，从失败的教训中学到的东西，往往要比从成功的经验中学到的多。

教训是对挫折与失败的理性思考，它告诉我们的是“不该”。成本最低的财富是把别人的教训当作自己的教训。有识之士无不善于从他人的教训中寻找良方，避免同样的失误，从而获得成功。意大利一家公司在别的公司推出新产品之后，总要派出工程师和营销人员到用户家中探询这些新产品的缺点，并从用户那里掌握第一手资料，自己再扬长避短，发展生产，从而取得了“青出于蓝而胜于蓝”的技术创新和市场竞争效果。

但是，因为别人的教训不是疼在自己身上，自己没付出任何代价，所以不像自己的教训那样记得牢、感受深，而往往要等到自己犯了同样的错误后，才后悔当初没有汲取别人的教训。有的人，特别是一些领导干部怀有侥幸心理，认为别的单位和领导出问题，主要是运气不好，自己不会像他们那么倒霉。比如，看到个别领导干部因与生意场上的所谓朋友“礼尚往来”而坠入犯罪的深渊，无动于衷，并没有引以为戒，而是重蹈覆辙。

有些单位通报外单位的事故案件时，重在通报发生事故案件的过程、细节和责任，对应该具体、深刻分析的事故案件的原因、教训，却往往大而化之，总是千篇一律地用“领导重视不够”“机关作风漂浮”“基层落实不力”等搪塞。人们也只顾津津有味地听其细节，品其惊险，甚至把这些事故案件当作茶余饭后的谈资。如此做法和态度，自然没把别人的教训当回事。

对军队来说，研究外军“败战”的教训意义重大，因为每一场败战都意味着惨痛的伤亡，其教训都是用鲜血换来的。阿富汗战争前，美军预先对苏军当年在阿富汗失败的教训进行了专门研究。目前，很多国家和军队都很重视对外军失败的研究，有的甚至创立了一门新学科——失败学。

俗话说：“吃一堑，长一智。”其实，这“一堑”并非一定要自己的，吃他人之“堑”也可长自己之“智”。聪明的人总是善于拿别人的教训教育自己。我们应当拿别人“亡羊”之教训，“补”自己工作之漏洞，查找问题，警钟长鸣。这是避免错误不断进步的一个良策。

实在

——星竹

南非的德塞公园是在国际上招标建设的，中标的是一家德国设计院。当时就有非议，建成后，市民们更不满意，找出许多不尽如人意的地方。

后来南非人再建公园，就不用外国人了。20世纪70年代，南非人自己动手，修建了一个很大的公园——克克娜公园。建好后南非人一片叫好。它漂亮，气派，美丽。但两年后，南非人的看法却发生了惊人的变化。

在雨季到来时，克克娜公园被大水所淹，德塞公园却没有一点儿雨水的痕迹。德国人不但给整个公园建了下水设施，还垫高了两尺。这是当初人们不能理解的地方，直到大水到来，人们才为此感到惊奇。

克克娜公园在举行集会时，秀丽的公园大门因为过小，而让人感到十分拥挤，甚至造成了安全事故。这时人们才想到德塞公园大门的宽敞方便。而当初人们对德塞公园大门的过大给予了批评，认为它有点傻。

炎热的夏季，到克克娜公园的人们更为愤怒，因为它遮阳的地方太少，所谓的凉亭只是花架子，容纳不了多少人。而德塞公园纳凉的亭子，棚檐宽大，能容纳许多人。

几年后，克克娜公园的石板地磨损严重，不得不翻修。而德塞公园的石板地却坚如磐石，雨后如新。而当初因为德塞公园的石板路投资过高，南非人差点叫德塞公司停工。当时的德国人非常固执，一定要坚持自己的做法，双方争得脸红脖子粗。当地人曾一度认为，德国人太死板、太愚笨。现在看来，德国人是对的。

南非人认为德塞公园的草坪过大，有点浪费，对此也隐隐不满。现在德塞公园的草坪面积却让人觉得正好，克克娜公园的草坪就显得小多了。

德国人在设计时，考虑到了南非的方方面面，包括天气与季节，地理与环境。南非人自己却没有顾及这些，他们竟然没有德国人熟悉他们生活的环境与状况。

德塞公园建完后，多少年没有变样，而克克娜公园总要修修补补，已经花掉了建德塞公园两倍的钱。为此，南非同行感触颇多。有人曾经问德国同行，你们怎么会这么精明。德国人回答，我们只是实在，并非精明，精明的倒是你们南非人。

德国人以严谨实在著称于世，而严谨实在的事物，往往很难在一时体现。凡是实在的东西，或实在的品格，在当初都有些平平淡淡，不足为奇，缺少让人振奋的东西，只有在经过了岁月和时间的承载后，才会露出全貌，让人欣慰。

纵观历史，无论是做人，还是做事，实在的品格在最初往往都无法被证明，甚至是费力不讨好的，有时还很容易被人错怪。只有时间过去，经过风雨的磨砺，实在的东西才能发挥出它固有的光彩和价值，才能被完全地证实。

只为心安

——赵功强

这是发生在美国的一个真实故事。2007年1月的某天傍晚，塞纳昂驾着一辆伏特汽车从波特兰赶往谢里登签一份订购合同。因为这是经过三个多月的艰苦谈判才取得的成果，塞纳昂异常高兴，一路飞奔，六百多公里的路程不到三个钟头就跑完了。

泊车的时候，借着灯光，塞纳昂发现右前轮上沾有异样的东西，他走近仔细一看，很像是血迹，还有一股刺鼻的血腥味！塞纳昂紧张起来，难道是自己快速赶路撞上了人？他反复回忆，车子似乎没有碰撞物体的印象。但塞纳昂仍不放心，立马上车，发动引擎，调转车头，准备沿来路察看。这时，等待签约的商业伙伴打来电话，催他快一点。塞纳昂解释说自己有急事，等会就到。对方大为光火，嚷道：“见鬼去吧，你这个不守时的家伙！”随即挂了电话。塞纳昂怔了怔，那可是一笔三百万美金的合同啊！可是，他还是驱车上了路。

在大雾浓重的夜色中，塞纳昂边开车边沿途察看。最后，在高速公路行程近一半的路边，他看到了一个人躺在那里，赶忙停车下去。躺在地上昏迷不醒的是一位十三四岁的女孩。她的头部受了伤，血流了很远。塞纳昂把孩子送到医院。经过抢救，孩子脱离了生命危险。但还是昏睡不醒。

警方联系上了孩子的父母，这对丧失理智的夫妇咆哮着厮打塞纳昂。塞纳昂不做辩解，默默忍受着。

凯瑟琳昏迷了二十六天，塞纳昂寸步不离地守护了二十六天，花费了三万八千美金的医疗费。可喜的是，第二十七天，凯瑟琳终于清醒过来，并且向人们说出了事实的真相：事发当天，她到郊外写生，返回途中，被一辆迎面驶来的摩托车撞倒，塞纳昂车轮上的血迹只是经过凯瑟琳身边时把流到地上的血碾轧上去了。

真相大白，塞纳昂事后对记者说："当时我只想到，如果我不返回察看，我一辈子都不会安心。而且从事情一开始，我的做法就让我安心，我从未想到过后悔。"

塞纳昂的话朴实无华。的确，安心是一个人做人的出发点，也是归宿。

激励之道

——苇笛

查理·斯瓦伯担任卡耐基钢铁公司第一任总裁时，发现自己管辖下的一家钢铁厂的产量很落后，便问厂长原因。

厂长回答："我好话丑话都说尽了，甚至拿免职来恐吓他们，可他们软硬不吃，总是懒懒散散的。"

那时正是日班工人即将下班、夜班工人就要接班的时候。斯瓦伯向厂长要了一支粉笔，问日班的领班："今天炼了几吨钢？"

领班回答："6吨。"

斯瓦伯用粉笔在地上写了一个很大的"6"字后，默不作声地离开了。

夜班工人接班时，看到地上的"6"字，好奇地问是什么意思。日班工人说："总裁今天过来了，问我们炼了几吨钢，领班告诉他6吨，他就在地上写了一个'6'字。"

次日早上，日班工人前来上班，发现地上的"6"已被夜班工人改写为"7"；知道输给了夜班工人，日班工人内心很不是滋味，他们决心给夜班工人一点颜色看看。那一天，大伙加倍努力，结果他们炼出了10吨钢。于是，地上的“7”顺理成章地变成了“10”。

在日、夜班工人你追我赶的竞争之下，工厂的情况很快得到改善。不久，该厂产量竟然跃居公司所有钢铁厂之首。

只用一支粉笔，斯瓦伯便扭转了乾坤，他所采用的，该是怎样高明的激励之道啊。

说起激励，我们往往想到丰厚的奖金、豪华的房子、名贵的车子
是的，所有这一切都能激发一个人力争上游，创造出好成绩。然而，物质上的激励所起的作用往往是短暂的，随着时间的延长，效果会越来越差，直至为零。

真正高明的激励之道还是从精神上入手的。即使是最平庸的一个人，内心也有着自尊自强的一面，一旦激发他（她）向上的激情，他（她）就能创造出令人目瞪口呆的业绩。精神的力量是无穷的。一个人内在的激情一旦被点燃，什么奇迹都可能创造出来。

倘若比尔·盖茨是中国人

——黄好额

中国能培养出比尔·盖茨，可能吗？中国的学生经过十几年寒窗苦读进入大学，有谁会发神经退学？但是，我还是愿意假设，比尔·盖茨倘若是中国人，情况又将会怎样？

倘若比尔·盖茨是中国人，他将戴上无数的头衔，如有突出贡献的中青年专家、享受政府津贴的拔尖人才、全国优秀企业家、十大杰出青年、新长征突击手　　另外，盖茨还会是华夏大学的客座教授、神州学院的名誉博士、《商战》杂志顾问、中华全国电脑协会副主席，甚至是晚婚晚育模范。

美国佬实在是傻冒儿，竟然要起诉、肢解微软，吃饱撑的？倘若在中国，微软是民族工业的骄傲，是有关部门和领导的政绩工程、形象工程。有关部门恨不得微软东方不败万寿无疆；党政领导将多次到微软现场办公，为其排忧解难保驾护航，如政策上予以倾斜、资金上予以支持、舆论轰轰烈烈地宣传、税务部门减免税收。

老盖一定很忙，他会整天马不停蹄地开各种各样的会。社会上将举行

"盖茨同志先进事迹报告会"，老盖作为主角必然要到全国作巡回演讲报告。有关领导到公司视察调研，老盖必得全程陪同。老盖还要接待四面八方的参观者、取经者，接受记者的采访，参加各种开幕式。我们的通讯社将发表社论《微软为什么这么硬》；电视将热播表现盖茨从小爱科学、擅于创新的连续剧《少年比尔·盖茨》；经济学家将举办"微软现象"的研讨会，如《微软与WTO》《试论微软对全国经济的辐射作用》；最会妙笔生花的文人等不及老盖西去，赶忙撰写《盖茨大传》；盖茨的老爹老妈在书商鼓动下也会操刀《我们是这样教育比尔·盖茨的》。

此外，微软还将成为众人眼中的唐僧肉：拉赞助的，相关部门让你出钱参评某个奖项的，还有领导写条子安排人进来的等等，不一而足。

总之，倘若比尔·盖茨是中国人，我对他最后的命运真的感到担忧。但我还是希望有朝一日中国能孕育出盖茨这种人，哪怕证明上述的假设全部是错。

只染一个红指甲

大宇宙中谈博爱

——胡适

“博爱”就是爱一切人。这题目范围很大。在未讨论以前，让我们先看一个问题：“我们的世界有多大？”

我的答复是“很大”！我从前念《千字文》的时候，一开头便已念到这样的辞句：“天地玄黄，宇宙洪荒。”

《淮南子》说宇是上下四方，宙是古往今来。

但古人所见的空间很小，时间很短，现在的观念已扩大了许多。考古学探讨千万年的事，地质学、古生物学、天文学等等不断的发现，更将时间空间的观念扩大。

现在的看法：空间是无穷的大，时间是无穷的长。

古人只见到八大行星，二十年前只见九大行星。现在所谓的银河，是古代所未能想象得到的。以前觉得太阳很远，现在说起来算不得什么，因为比太阳远千万倍的东西多得很。

科学就这样地答复了“宇宙究竟有多大”这个问题。

现在谈第二点：博爱。

在这个大世界里谈博爱，真是个大问题。

广义的爱，是世界各大宗教的最终目的。墨子可谓中国历史上最了不起的人，可说是宗教创立者，他提出“兼爱”为他的理论中心。兼爱就是博爱，是爱无等差的爱。墨子理论和基督教教义有很多相合的地方，如“爱人如己”“爱我们的仇敌“等。

佛教哲学本谓一切无常，我亦无常，“我”是“四大”（土、水、火、风）偶然结合而成的，是十分简单的东西，因此无所谓爱与恨——根本不值得爱，也不值得恨。但早期佛教亦有爱的意念在：我既无常，可牺牲以为人。

和尚爱众生，但是佛教不准自食其力，所以有人称之为“叫化”（乞丐）宗教。自己的饭亦须取之于人，何能博爱？

古时很多人为了“爱”，每次蹲坑（大便）的时候便想想，大想一番，想到爱人。有些人则以身喂蚊，或以刀割肉，以自身所受的痛苦来显示他们对人的爱。这种爱的方法，只能做到牺牲自己，在现代的眼光看来，是可笑的。这种博爱给人的帮助十分有限，与现代的科学——工程、医学　　等所能给我们的“博爱”比起来，力量实在小得可怜。今日的科学增进了人类互助博爱的能力。就说最近意大利邮船遇难的事吧，短短的数小时内就救起千多人。近代交通、医学等的发达，减少了人类无数的痛苦。

我们要谈博爱，一定要换一观念。古时那种喂蚊割肉的博爱，等于开空头支票，毫无价值。现在的科学才能放大我们的眼光，促进我们的同情心，增加我们助人的能力。我们需要一种以科学为基础的博爱——一种实际的博爱。

孔子说："修己以敬，修己以安人，修己以安百姓。"修己就是把自己弄好。我们应当先把自己弄好，然后帮助别人；独善其身然后能兼善天下。同学们，现在我们读书的时候，不要空谈高唱博爱；但应先努力学习，充实自己，到我们有充分能力的时候才谈博爱，仍不算迟。（节选）

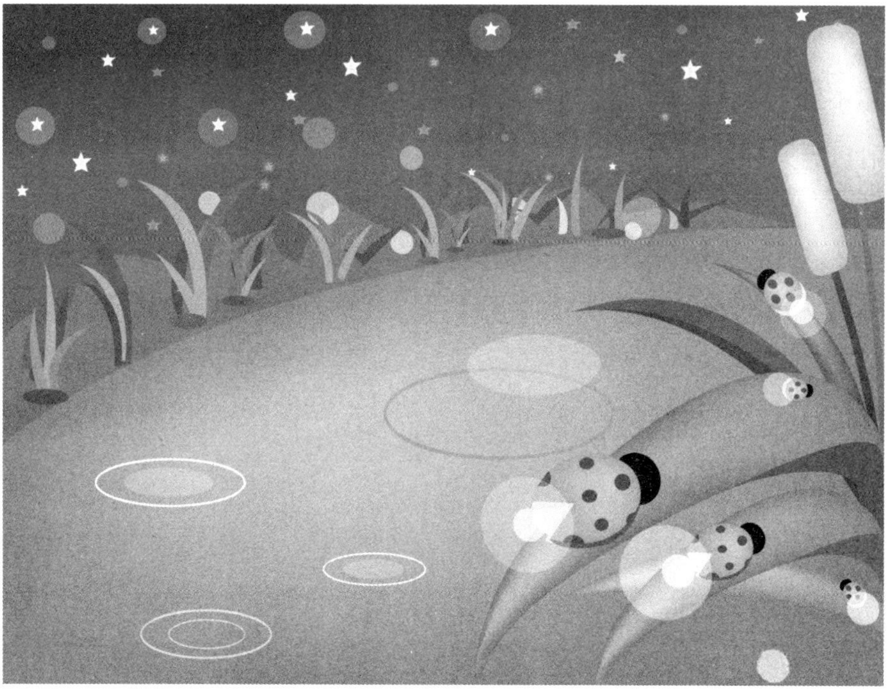

只染一个红指甲

——刘齐

我家太远，级别又不够，每天上班，便挤电车，细长的铁匣子中，大家绷着脸，电子元件般委屈在一起，了无生气。突然，面前闪出一只娇小的手，美滋滋地搭在扶杆上，精巧的拇指染着蔻丹，鲜艳欲滴，其他手指弯着，看不见指甲。我就盯住不放。车转弯时，她手松了一下，那柔柔的长指顶端，哪一只都没涂指甲油。

不是舍不得。女孩子打扮自己时绝对慷慨。也不是工作需要。没有哪一号文件规定。姑娘家每手至少有四个指甲须保持朴素本色只染一个红指甲，其实是一种款式，当代中国的特殊款式。鉴于目前尚未有统一的叫法，我就率先称之为“一点红”。

“一点红”款式并不特别严格。有时也稍作变化——不染拇指而染食指或小指，色泽也不限，樱红、桔红、桃红、妃红、紫红均可，群红争芳，妙不可言。但每只手最多只染一个指甲，却是不变的规矩，超额了就不能算入流。

“一点红”的女孩子大都是很理智的小姐。在她认为适宜的场合，那纤指上的动人之处准能娇娆地现出风采，宛如一枝出墙的红杏。而一旦遇见严师严父严领导严邻居们，硕果仅存的红指甲又能及时藏于掌心，要多方便有多方便。故“一点红”款式又应叫“羞怯爱美型”款式。在中国，“满园春色关不住”好像不是最佳境界，因为没有余地，没有退路。而放一放，收一收，放得开收得拢，才是稳妥万全之计。然而女孩子总有大意失荆州的时候，那也无妨，只消轻抚红指甲，忸怩地说一声“人家闹着玩呢”，欲指责其臭美者便不好再说什么。才“一点红”嘛！才十分之一、百分之十嘛!

“羞怯爱美型”不独“一点红”一个品种，不独娘子军一家所专宠。大街上熙来攘往的穿西装而不戴领花领带的男人，也属于“羞怯爱美型”范畴。我即是其中一分子。不是吹的，本人领带有七八条之多，而且一条比一条来劲，但我只在郊游时扎过三两次，平素日在办公室便放纵着脖子。

老实说，穿西服漂亮，穿西服扎领带更漂亮。但大家对这个“更漂亮”就有点犹豫了。哥儿几个聚在一起，各色西服潇洒无比，只是衬衣领下空空荡荡，就像一幅幅忘盖朱印的水墨画。好在彼此都不遗憾，偶尔谁解释一句，“还是不系那玩艺儿好，舒服、随便”，准保附和声鹊起。其实心里都明白，不戴领带是因为不好意思戴。

推而广之，我们“羞怯爱美型”的阵营大着呢。四顾无人才敢对镜拢一拢发式的小伙子；假装回头找人实则偷看漂亮异性的独行客；中文羞于出口便用外语呢喃“我爱你”的情侣；爱说也会说普通话但碰上熟人便慌忙重操乡音的学生娃；练罢太极拳又向往迪斯科但脸红心跳迟迟不敢上场的老大娘　　大体上都是我们这一伙儿的。

我们美得有限，美得拘谨，甚至美得心虚，美得警惕，仿佛不是在美，而是在随地吐痰，排队加塞儿，骑车带人，装病请假，总之，像在做一件不甚体面的事情。我们从心里羡慕和尊敬十指艳艳的女孩子，领带飘飘的小伙子。惭愧的是，我们总与这些美的先锋保持一段距离。一有风吹草动，我们麻利儿缩回传统的老壳子里。

老壳子呆惯了，宁静，温暖，安全，只是缺乏点魅力，不迷人。于是又小心翼翼地探出“一点红”来。缩缩探探，探探缩缩，“一点红”渐多，胆子渐大，这时，就有更漂亮、更需要勇气的东西向我们发出诱惑的微笑了。

坐看云起

——易敏

我曾有一伙儿朋友，情趣相投，大家在一起玩得十分惬意。后来，其中一对有情人同坠爱河，大伙儿祝福他们终成眷属。几年过去了，朋友们各自在人海中沉浮，各有一份甘苦，却再难得机会互相倾诉。前不久，当年那对恋人中的男主角挂来电话，说他要过生日了，想借机邀故友一聚。“哎，”我忍不住问，“你们俩几时结婚？”“很渺茫。”他淡淡地说。生日那天，所有的朋友都到齐了，唯独不见主人的女友，当年那个爱情故事中的女主角。面对大家惊诧的目光，主人平静地一笑，“我没有通知她，但她知道今天是我生日。”朋友们都觉出了他的无奈与淡淡的悲哀，于是十分默契地不再追问。那天吃火锅，气氛也很火。正当大伙儿酒酣耳热之际，门忽然开了，站在门口的，正是主人的恋人。主人含笑迎上去，为她解去大衣。

看上去，他俩相爱如初。谈笑间，大家拿出了送给主人的生日礼物。其中最独特的，是一方雪白的丝巾，上面写有“坐看云起”四个字。一看墨迹，便知出自谁手。

主人的恋人，我的这位女友秀外慧中，当年就写得一手漂亮书法。大家赞叹之余，并不十分解意。唯独主人似有所悟。尽兴归去，正好与女友同路，便聊起她的礼物。她说，香山卧佛寺，有副对联：“行到水穷处，坐看云起时。”她将这句名诗赠与男友，因为他们的爱情已经走到尽头。我深表惋惜，她却悠悠然地说，前边就是云起之时。后来，我总也忘不了那句话：前边就是云起之时。

我知道一种信仰

——蒋希

我知道一只猎豹。风抚摸着它带血的皮毛，它知道面前这只疯狂的野牛对已身受重伤的它意味着什么。它最后一次冲上去，野牛尖尖的牛角刺入它雪白的肚皮，顿时，耀眼的鲜血绘出了一幅令人震撼的图画，猎豹倒下去了，满足地闭上了双目——它没有辱没它高贵的血统。

我知道一头老牛。风亲吻着它瘦弱的身躯，它知道面前这块土地对已不能进食的它意味着什么。它最后一次使出全身的力气，霎时，田间上演了一场令人心碎的剧目，老牛倒下去了，欣慰地合上了双目——它没有辱没它神圣的职责。

我知道一只麻雀。风描绘着它瘦小的身体，它知道面前这只猎狗对已奄奄一息的它意味着什么。它最后一次冲上去，瘦小的身体送入猎狗的嘴里。零散的落叶舞出催人泪下的场面，一窝幼小的麻雀发出丧母的哀号——它没有辱没它伟大的使命。

我知道一只凤凰。风吹拂着它的羽毛，它知道面前这片火海对它意味着什么。它最后一次扑向火海，华美的羽毛连同娇美的身躯在火海中燃烧。一刹那，艳美的霞光映射出感人的场景，凤凰在火中消失了——它没有辱没凤凰的威名。

我知道一种神圣。它可以支撑起整个生命，甚至整个世界。我知道猎豹的兄弟在旷野中哀号，我知道田间老牛坟冢的苍凉，我还知道丧母的小麻雀会慢慢长大，我更知道凤凰终于等到了涅槃的那一天。

我知道那就是信仰。是信仰支撑猎豹和野牛拼到了最后一刻，是信仰支撑着老牛勤恳耕耘到了最后一刻，是信仰支撑麻雀不惜性命也要保护孩子到最后一息，是信仰支撑凤凰一次又一次奋不顾身地扑入火海，以铸就最后的辉煌。不要小看信仰，它可以让你不吝惜仅有一次的生命去冲破一切阻碍，最终走向生命最美丽光华的顶端。

我知道一粒火种。风轻抚着它微弱的火焰，它知道自己来到人间的使命，崇高的信仰支撑着它燃到了生命的尽头，支撑着它化做了一片

我知道有一种人。风勾勒出他矮小的轮廓，他知道如何走自己的路。崇高的信仰支撑着他化渺小为伟大，化平凡为神奇，支撑着他笑看一切，潇洒生活。

一点聪明一点痴

——佚名

我见过一个非常聪明的年轻人，学历又高，拥有国外的硕士学位，他一度是我最看好的未来接班人选之一，但这件事始终无法如愿。他做任何事，都能快速上手，表现杰出。但问题是刚熟悉一件事，他就开始想下一个职位，他的期待与要求，总是比主管快。当然基于人才培养，许多次我也按照他的意愿，提拔升迁。甚至我还一度自责，是不是我的反应慢了，以至于让一个有为的年轻人，浪费了太多的时间，埋没了他的才气。于是我密切注意他的动向，以免再度犯错。

结论是，他还是比我急、比我快，我的小心仍然赶不上他的急切欲望。最后我不得不承认，他实在太聪明了，聪明到很难有一个职位适用于他，我不得不放弃这位让我爱不释手的年轻人。

他走上了创业之路，以他的聪明，很快拥有一个小格局的成果，每年有金额不大的获利，足以让他逍遥自在。可是从此他面临瓶颈。如果要做更大的事，光靠聪明是不够的，还要有决心、毅力、格局、气度、勇气，而其中有很多特质都是他的不足。

我替他可惜，他期望速成，期待短利，欠缺“痴劲”与“傻劲”。

这让我想起台湾财经前辈汪彝定先生，他常念着“慧女不如痴男”这句话，如果剔除性别眼光，这句话正是这个案例最好的批注，任何人“慧”不如“痴”。慧易成事，但难成大局；痴似呆拙，但孜孜矻矻，一点一滴，最终能成就不凡的格局。

如果你是“痴”人、笨人，没路走，只能多努力，无须多言。问题是社会上“痴”人太少，大多是聪明人（或者是自以为聪明），精于算计，心思复杂，以至于小算盘每天打、时时打，稍有困难就不做，稍遇挫折就放弃，眼前无利就回头；长远大计无心想，结果是小成可也，大事难成。

最好的思考是，不论你是聪明人还是痴人，常常替自己留一点“痴心”，刻意去做一些看起来笨的事，凡事想长一些、想远一些。利益不要计算得那么精准，刻意找一些辛苦、困难的事来做，刻意找一些需要冒险进取的事来做。然后发挥你的决心，考验你的能力，激发你的坚持，磨炼你的执著，成就你的耐性。让成果滴满你的汗水、泪水，这是另一种试练。

太多的聪明，是上天的恩宠，当然要感谢，但也是上天的陷阱，让你少了执著、坚忍的力量。每个人最终的格局，决定的关键是“痴”，而不是聪明。

走走丢丢的朋友

——佚名

和一位友人聊天，谈到朋友这个话题，她忽然感叹道：“我有两个相处了十几年的朋友，我们人生的很多阶段几乎是同步的，恋爱、结婚、生子、升职甚至暗恋过同一个男人　　可是，似乎一夜之间，我们的关系就淡了，彼此之间不再无话不谈，不再一起嬉戏玩笑，偶然遇上也只是礼貌性地点头微笑。十几年的友谊，忽然从浓烈到淡薄，难道友情也像酒精，被岁月蒸发掉了？最为奇怪的是，我并没有对这种缺失感到遗憾或者不习惯，日子照样过得有声有色。可是，我不是那种没情没义的人啊　　”

我笑，说：“那还不是因为有我这样的新朋友补充进你的生活里来了。人家国外的科学家都统计过了，说每七年人们就会换一批朋友。说不定再过几年，我也被你换掉了，哈哈！”

虽然是玩笑，但心里总有几分不甘。难道朋友之间也有七年之痒？我认真审视自己的朋友，的确是换过好几批了。学校的同学，出了校门就很少再见了；工作以后认识的朋友，在我辞职之后也不大走动了；上网认识的网友，更是镜中花水中月，热烈过最开始的那一段时间，就在QQ里沉寂着，几年也说不上一句话；写作结识的文友，也是走走丢丢，现在能联系上的也没几个。

我想起自己曾有一个好朋友，是高中时的同桌。同学三年，我们同吃同宿，形影不离，我给她带妈妈腌的咸鸭蛋，她陪我一起逃课在街上闲逛，寒暑假不是她来我家就是我去她家，亲密得像一个人。可后来，不知怎么就断了联系。去年国庆节，她忽然辗转找到我的电话号码。电话里，我们感慨万千，都为找回了这份失去的友情而激动不已。可是后来，我们见过几次面、吃过两次饭后，友谊再次戛然而止。是的，我们分别得太久，已没有共同的语言，除了回忆过往的青春，聊聊工作、孩子、老公，似乎再没有其他的话题。她的电话号码在我的手机里沉默着，她的头像在我的QQ群里灰暗着，我们在同一个城市，两家相距不过几公里，却再也没有见过面。

不知道科学家的统计有没有依据，而此刻，我身边最要好的几位朋友，都是两年前我搬了新家后认识的。我们因为有着共同的爱好而走近，一起玩闹一起旅行，彼此间干净单纯惺惺相惜。我们相约若干年后，我们老了，就一起住进养老院，打牌下棋弹琴赋诗　　每每想到一群老头老太太在一起其乐融融地生活，大家就幸福得要笑出声来。

可是，且慢，我们能等到一起老去的那一天吗？几年之后，我们是不是又要被对方丢失，重觅新的朋友呢？想想，真叫人郁闷。

过这样一种生活

——佚名

过这样一种生活：摆脱激情和欲望，心灵冷静而达观。痛苦和不安只从内心生发出来，也只从心灵深处消除。消除它们最初也许要用一年，渐渐只用几天，甚至痛苦和不安一经生发即告消散，就像水滴落进炽热的火炭。

既坚持劳作，又退隐心灵，保持精神一隅的宁静。让思想严肃、庄重而纯真；让生命甜美、忧郁和高贵。学会沉默，因为没有太多闲暇。学会尽义务，爱孩子，爱爱人，爱父母，爱他们胜过爱那些所谓紧迫的事务。既不被别人左右，也不去左右别人。

不奇怪，不惊骇，不匆忙，不拖延，不困惑，不沮丧。不用笑声掩饰焦虑，对幸运的事情不推辞，不炫耀，毫不做作地享受，失去也不渴求。

一日之始，即意味着将会遇见好管闲事的人，忘恩负义的人，傲慢的人，欺诈的人，嫉妒的人，孤僻的人，但是不要恨，要怜悯，因为他们知道善恶而无力选择善，知道美丑而不觉己身丑。

每时每刻都要思考，以摆脱别人的思想，也不把幸福寄予别的灵魂。不让自己的心声寂寞地说出来，又寂寞地消散，要听得懂你的灵魂在唱歌。

保持心灵的圣洁和纯净，仿佛从宇宙间借来一块黄金，最终还要原样奉还。

不摧残灵魂，不脱离本性，不因为被排斥和被攻击而愤怒，不过于欢乐和痛苦，不做事不加思考。

尊重自然，花正开放，果实腐烂之后却留香，谷穗低垂，猫跳跃，小鱼在水里游动。尊重自然会使心里愉悦。

不因装得有学问而散失自己的思想，不喋喋不休和忙忙碌碌，让嘴巴适闲下来，身体如果有可能的话，也不必转动得像陀螺。

知道安宁不是别人给的，知道没人可以随心所欲，知道被称赞、被仰望、被逢迎，不等于被接受、被喜爱、被尊敬。被接受、被喜爱、被尊敬都比不过心灵的自足重要。

尊重自己的意见和看法，尊重自己产生意见和看法的能力，也尊重别人产生意见和看法的能力，只要它从心而发。

抓紧今日起所有的日子，不游荡，不枉费，现在就读以后想要读的书，因为怕到了晚年就没有精力，记忆力也会衰退。自己帮助自己，不把希望维系于他人，就像不拿细缆绳牵住一叶扁舟，怕风大雨大，会把它刮走。

过这样一种生活：像王者一样深思

你应该快乐的

——佚名

朋友资助一个贫困山区孩子已有几年。但是近来朋友说，他很不快乐。问他为什么，他说，他了解到那个孩子的近况并不乐观——他经常在课堂上调皮捣乱，学习一点儿都不刻苦。

可是你当初资助他，就一定想让他在学业上有所成就吗？我问。那倒不是，朋友说，当初我只是看他可怜。

那不就对了？我说，你只是看他可怜才资助他，而他在你的资助下有书读、有学上，等于你的资助已经有了回报。至于他的功课好不好，学习用不用功，应该是他自己和他父母的事情吧？

我在想还要不要继续资助他，朋友说，他的事情真的让我很不快乐。

你应该快乐的，我说，资助已经构成了快乐的本身，这种快乐不应该再加上别的任何条件。既然你资助了他，那你就不应该对他再有别的附加要求，否则，你的资助和要求回报有什么不同呢？

可是我要求的回报只有成绩啊！朋友说，如果他真的不好好读书，我的那些钱岂不是打了水漂？

我对他说，你的那些钱永远不会打水漂。其一，他的调皮捣乱、不求上进也许是暂时的。你知道，几乎每个人在孩童时期都会调皮好动，当然也包括曾经的我们。其二，即使他真的在学业上没有任何成绩，那么，你还给了他一个可以回忆的童年，可以走进校园、结识同学和老师的童年。其三，就算他最终还是因为种种原因而辍学，那么，最起码，你还给了他一个机会，一个可以和别的孩子同样走进教室，捧起书本学习知识的机会。你认为你的钱会打水漂吗？相信我，一分钱都不会浪费。

最终，朋友还是听了我的劝告，仍然定期给那个孩子寄钱，资助他读书。朋友说，如果那个孩子能够读到大学，那他会一直资助到他大学毕业的那一天。朋友说，我说得没错，给那些贫穷的孩子们一个机会，对于资助他们的人来说，已经足够了。

自己是一个起点

——崔卫平

我们尝试过很多事情，但很少尝试将自己当作自身的起点，也当作自身在这个世界上的起点。王小波在1978年给李银河的情书中这样写道：“我们生活的支点是什么？就是我们自己。自己要有一个绝对美好的不同凡响的生活，一个绝对美好的不同凡响的意义。”这是他当时所发现的新大陆，自己的大陆。

我们每个人自己可能正是这样一片有待开垦的新大陆。

而能够这样去做的前提是，你要信任你自己。你要在自己身上安顿下来，发现人也可以活在自己身上，依赖自己，从自身汲取力量。你不能因为痛恨这个环境而痛恨自己，你不能因为别人否定你，你就一而再、再而三否定自己。你也不能因为没有从别人那里得到更多吸纳和肯定于是就自我排斥、自我贬低。

你不必感到重要的事情正在你身外发生，重要的东西正在离你越来越远。对于你来说，没有比你存在于这儿更加重要的事情了，没有比你自己已经拥有的东西更加重要的了。你无须将自己嫁接在别人身上，寄生于别人篱下，从别人那里寻找起点和力量。你原来也是有力量的，你是你自己的起点，也是这个世界的有力起点之一。

不要恐惧自己身上的力量突然丧失了，担心哪一天自己身上的河水干枯，自己的大地枯萎，种子不能发芽，灵感不知去向。你的根基正是在你自己身上，你心灵中肥沃的土壤正有待开发。

不要恐惧自己的知识是如此贫乏。为什么观察你自己身上正在出现的东西，你面前的世界正在发生的变化，不能成为一种知识的来源?

你发现没有，有时候你满怀期待地出门，结果空手而归。我们在私下掌握的真理比在人群中能够掌握和拥有的要多得多。难道最好的东西不是从我们自己身上生长出来的？你要能够成为有力量的，除非你能够给这个世界带去什么，而不是从它那里拿走什么。

于是，大作家托马斯·曼在流亡瑞士期间，为自己列了一个清单，其中包括：让自己深入内心地沉静工作　　在动乱、政变、威胁之中，平静和坚持不懈地从事自己的创造性工作。在没有其他路标时，自己做自己的路标——保持勇敢与耐心。

我们身上的东西也许太老了，历史包袱也许太重了，我们的年轻人应该有另外一个开始：体验自己身上不断涌现的东西，体验自身是一个富矿，体验自身是一个起点、动力和源泉。

哦，假如你没有力量，这个世界上便没有力量，假如你退缩，这个世界便没有前进。当一个人体验自己，体验到自己身上的好东西时，他才能体验到别人身上的好东西。他将自己当作一个宝贝，他也能够将别人当作宝贝。

仰望星空与脚踏实地

——佚名

小时候在家乡小山沟里常想三个问题：火车穿过山洞后的世界是什么样的？南山里是不是有神仙？上天有没有眼睛看到我们？

在山上干活休息时，总望着消失在山洞的火车发呆，山洞那边的世界到底是什么样的？从地图上知道山洞的那边有陕西、河南、北京，还有天安门——在村上打谷场上放电影，电影里有一个镜头，许多人在天安门广场一边哭，一边喊着毛主席万岁。我知道了北京有个天安门，很遥远很神圣。关于山洞外的世界，总有各种想象在我脑子里闪现，不，不是在脑子里，这些画面好像能飞出身体，飞到山洞外面的那个世界　　但想完又要脚踏实地起来干活了，农活很累，山很高也很陡，背上的高粱秆、玉米秆、羊粪很重。

村子的南边是更大的山，山里有许多著名的寺院。不同季节看南山的颜色是不一样的，尤其喜欢雨后天晴的南山，是深蓝色的。村里的人在4月28号去朝拜回来后，会讲许多关于佛和神的故事。一直好奇地想南山有没有神仙呢？放牛的时候是最寂寞的，没有人，没有同伴，牛慢吞吞地有节奏地吃草，更增添了心里的寂寞。看到一只鸟，一只蝴蝶飞过，一只马蜂飞到花上采蜜，都会兴奋好一阵子。如果能遇上一条蛇从草丛中穿过。更能兴奋好久。

冬天，村里年轻人做一项游戏，也是体育活动。用一根长木棍把一小节木棍往远里打，算是一种比赛。这根长木棍比我还高，我试着用这根木棍够天，没有够着，我想木棍再长一些也许能够着天空。

村子里没有电，没有电灯，到了晚上一片漆黑，奶奶或妈妈总是陪着我，一起数星星。后来才知道，这就是仰望星空。那时总把每颗星星都拟人化。心想，我看着它，它一定也看着我。夏天夜晚有蚊虫干扰，在仰望星空时边上会用麦秸秆生一堆火，一边数着星星，一边嗅着湿麦秆闷出的烟味，多少个夜晚就着这些味道进入了梦乡。

走出小山村时，很遗憾的是没有从我每天好奇的火车钻出洞的那一边走出来，而是从相反方向——从更向西的兰州走出了我生长的村子，后来来到了北京，来到了小时候从电影里看到的天安门广场。但小时候的那三个问题，一直没有忘记。我相信，天外有天，有我们不知道的万千世界；我相信，山的那边住着神仙，他会给卑微者荣耀，给贫穷者富裕；我相信，老天爷长着公正的眼睛注视着每一个人；我相信，“种瓜得瓜，种豆得豆”，“善有善报，恶有恶报”；我相信，赋予我们智慧力量的存在，并在永远护佑着我们的，是神，是天，是老天爷。我们在脚踏实地行走的时候，时时仰望星空，它会让我们的脚步更宽广，让我们的行走更有力，同时也让我们懂得虚心、敬畏和节制。

笑出声，你便自由了

——素黑

来找我治疗的情绪困扰者都有一个特色，就是怨命。他们普遍觉得自己比其他人遇上厄运的几率更高，自命不幸，终日活在负面情绪笼罩的绝境中。人是有趣的矛盾生物，明知道事情总有正反两面，就是宁愿选择把眼睛盯着负面，拒绝调校正向心理。

乐活的其中一个条件正是愿意持续地调校正向心理，而非死守埋怨的困局，自伤伤人。

学习如何在绝望中也可放眼看见单纯美丽的风景，是乐活心疗的方向。譬如朋友告诉我，她发现丈夫有外遇，绝望放弃，无法活下去时，遇上单亲妈妈笑着教她跳舞、种花、养小猫，看到对方花一样的眼睛，知道原来自己从此也可以一样活得好。

遇上打击，无力应对时，便得提升情商，调校自己，学习接受，清理负面情绪。每个人都要学习一技傍身，磨炼自己面对逆境的心理素质，让自己好过一点，也少为身边的人加添负面影响。成长，是学会成熟地处理好不幸，减少制造情绪垃圾，自愿继续走下去。

面对不幸，需要释放情绪。华人文化惯性收藏情感，自制压抑，实在不必要啊。哭一场，叫一声，做运动，吃一顿好饭，向朋友倾诉，送份礼物给自己，也是自我调校的自疗方式。那天治疗师朋友H教我一个释放负能量甚至调整癌细胞的方法，就是尽情大叫。然后吃一口玛努卡蜂蜜，缓缓吞下，更新自己。我的另类选择是，去抱一棵老树，完完全全地向它释放一切烦恼，换来凛然正气的爱。

有人问我，遇上一而再的不幸，接踵而来的打击，钉着你不放的厄运，你能怎样招架？吃不下，说不出，欲哭无泪时，你还能怎样爱自己？

在深刻的无助和悲伤中，最激进的应对方式莫过于把一切荒谬变成幽默，不然活不下去。在无助的时候，能让自己好过一点的不是哭泣，而是发笑。难怪，真正品德高尚的人，不会埋怨命运，只会笑走哀愁。很难吗？试试看，那只是一个关口，越过了，笑出声，你便自由了。

欢笑是对抗不幸的温柔武器。把厄运笑走，看它能对我怎样！将不幸变成幽默，一瞬间，我们改变了世界，也改变了命运。

笨小孩郭靖和聪明的欧阳克

——佚名

《射雕英雄传》里的郭靖和欧阳克这两人的人格有着根本区别。心理学的人格和我们经常说的道德品质不同，更多的是一个人的性格、气质。郭靖的心理要远远比同是单亲家庭的黄蓉、欧阳克、杨康更健康。

根据精神分析大师艾里克森的理论，出生后到一岁的阶段，孩子要信任父母，尤其是母亲，母亲要给予其安全感，我们经常说起来的“认生”，就发生在八至十二个月。郭靖长在大漠这段日子并没有妈妈之外的人抱他，所以他成年后都很容易信任别人。

一岁到三岁的孩子刚能探索世界，这时期父母管得太严，孩子会害羞和怀疑。郭靖的这两种性格特点一直持续到成年，他在华山上还在琢磨自己杀坏人对不对。

四岁到六岁的孩子忙于建立自我意识，郭兄弟救了哲别的性命，结果是哲别承担了部分父亲角色教他射箭，还补贴他们母子的生活。至于这岁数的黄蓉和欧阳克，梅超风偷了《九阴真经》，黄药师天天喊着想杀人，黄蓉整天和一帮罪大恶极的哑巴仆人为伍；欧阳克的成长经历不清楚，不过可以推测常与骆驼、大漠和白衣女子混在一块儿。郭兄弟和他们一比，实在是太健康了。

七岁到十一岁，培养孩子的品质应该是勤奋感，这会儿的郭靖遇到了江南七怪，这七位师父练不会武功就不给饭吃，郭兄弟就是这样练成了一身扎实的基本功。此时的杨康也在学武功，不过一来丘处机老师是博导式教学，一个学期飞来教几周；二来他家是王府，他娘连兔子也不让伤，更不会让儿子挨饿。

十二岁到二十岁，最要紧的是培养角色的同一性，知道自己该从事什么事业，这时马钰出现了，传郭靖内功，还教了他很多处事的法子，日后郭靖宅心仁厚，除了他母亲的教导，也带着马道长的气质影响。这一段他的角色很简单，就是打胜仗，不容易有角色错乱感。相反，倒霉的杨康一夜之间发现自己民族、姓名都是假的，一下子就面临崩溃。

二十岁后的青年需要培养的是亲密感，郭兄弟此时行走江湖，遇到装扮成小叫花子的黄蓉，俩人都找到了亲密感。反观杨康，和穆念慈的感情体现出严重的不安全感，反倒和欧阳克、沙通天这样严重人格障碍的家伙混在一起，人生就此报废。

所谓健康成长，就是在恰当的时期和恰当的人交往、做恰当的事，如果做不到这一点，再高的智商也帮不上任何忙，如果不幸你还是江湖中人，那就还可能因此丢掉性命。

简单是生活最好的答案

——卢海娟

朋友曾经有过这样的经历：他的吉普车停在小区的院中，每次去开车，都发现不知哪个孩子在车前身的“2×4”的字样后面用粉笔写上“=8”。头一天将它擦去，第二天还会写上。后来，朋友干脆自己在“2×4”的后面用漆喷上了“=8”的字样。可是第二天，发现在“2×4=8”的后面竟然用粉笔打了个“√”。朋友说，这孩子，还真够执著。

我却被这孩子的执著感动着，也许，在孩子的眼里，生活原本就该是一道完整的算式：有两个因数，有连接两个因数的符号，就应该有直观而又明确的结果，而所有的结果，也都可以用对与错作出毫不含糊的评判。

这让我想起一位网友用数字写就的一段话，他说，“1+1=3是文学，1+1=2是数学，1+1=0是哲学”——纯粹的成人思维：难以理解的三大学问竟然用如此简单的算式表现出来，浑然天成，蕴涵深刻，余味无穷，真是精辟呀。

但仔细想来，“1+1”等于“3”也好，等于“0”也好，这终究是一种错误啊！我猜想，如果把这三个算式写在小孩子们面前，他们一定会以为这是大人们出的一道最简单的判断题，他们一定会争先恐后地举起小手，踊跃向前，去写出正确的答案。

然而孩子们眼中的错误到了成年人的世界里却往往会成为至尊宝典。只有成年人，才会搞出“1+1=3”或者“1+1=0”这种名堂，在成年人的世界里，那些最简单最实用的原则，那些最初的定义和公理总是被颠覆，人们先把正确引向错误，然后便深入挖掘、证明　　长大的过程，好像就是把简单变成复杂的过程，为了从正确的点踏着错误绕到另一处而疲于奔命，生活变得枝枝蔓蔓，牵扯纠缠，让我们越陷越深。我们的日子，模棱两可和不确定性越来越多了，致使我们的脚步总在徘徊，我们的内心总在挣扎，游移不定，迷失在滚滚红尘纵横交错的网里，以至于失去了人之初正确判断事物的纯真本性。

住在河边的时候，我常常凭窗而立，看着河岸边那群玩泥沙的孩子，他们常常花费半天的时间在河滩上堆筑他们想象中的城堡，有时还会建筑一道水渠，再到河里捉了小鱼来，忙得不亦乐乎。而一夜过后，河水却总能摧毁城堡，消蚀了那些煞费苦心的建筑，让孩子们前一天的工作变得残缺不全，或者了无痕迹。

但我从没有看见孩子们因此而沮丧，或者一蹶不振。第二天，第三天他们仍然信心百倍，快乐无比地去创造心中的奇迹。

创造即是快乐。不论根基，也不计结果，只是全身心地投入过程之中，享受生命带来的最原始的喜悦。

大人们能不能像孩子那样单纯地生活，把“2×4=8”，“1+1=2”当作人生和社会最本质也最正确的答案，让生命变得简单、明确?

老人是菲律宾华侨，在海外跋涉半生。几经浮沉，衣锦还乡的他萌生了济世助人、造福乡梓的念头。

于是，老人分别给家乡几所学校的校长写信，希望每个校长能提供十来个学生名单，他从中选定人选，作为他资助的对象。

家人嗔怪他，既是捐赠，何必把程序搞得这样复杂？不如来个快捷方式，譬如通过“希望工程”或者“春蕾计划”，干净利落地了却一桩心愿，岂不是更好？

老人摇摇头说：“我的血汗钱只给予那些配得到它的孩子。”哪些孩子才有资格得到资助？是那些家庭贫困的孩子，还是优秀生抑或是特长生？谁也不知道老人心里的答案。

名单很快就到了老人手里。老人让家人买来了许多书，有《泰戈尔诗集》《纪伯伦诗集》《十万个为什么》等等，老人在书的第一页亲笔写下：赠给品学兼优的学生，落款处是老人的姓名、住址、电话和电子信箱，分门别类地包装好，寄给了名单上的孩子。

从黄叶凋零到瑞雪飘飞，老人常常对着电话发呆，又莫名其妙地唉声叹气。家人谁也猜不透老人所为何事。

新年到了，老人收到一张很普通的贺卡，上面写着：感谢您给我寄来的书，虽然我不认识您，但我会记着您。祝您新年快乐！

没想到老人竟然兴奋地大呼小叫："有回音了，有回音了，终于找到一个可资助的孩子了。"

家人恍然大悟，终于明白老人这些日子郁郁寡欢的原因，他寄出去的书原来是块"试金石"，只有心存感激的人才会有资格得到他的资助。

老人说："土地失去水分滋润会变成沙漠，人心没有感激滋养会变得荒芜；不知感恩的人，注定是个冷漠自私的人，不知关爱别人，纵使给他阳光，日后也不会散发出自身的温暖，当然也不配得到别人的爱。"

想来也是，没有一种给予是理所应当的，所以，没有一种领受可以是无动于衷心安理得的，都应心存感激。一朵花会为一滴雨露鲜艳妩媚，一株草会因一缕春风摇曳多姿；一湖水也会因一片落叶荡漾清波，一颗心更应对另一颗关爱的心静静地绽放感激的笑脸。